JN100616

グリフィスの傷

千早茜

集英社

目次

グリフィスの傷

竜舌蘭

目をふせ、ふかぶかと頭を下げる。

両手をそろえるとき、制服の布越しに左手の小指がきずあとに触れ、そのかすかに隆起したすべらかな感触がよみがえる。

「申し訳ございません」

高くも低くもない声で言うと、並んで立つ後輩の森ちゃんも私にならった。でも、ちょっと動きが速すぎる。ここはじっくりと、頭を下げきったところですこしためて、それから漬物石でものってるみたいに重々しく顔をあげなくては、早く解放されたがっているとがばれてしまう。

案の定、お客さんは「謝ればいいって思ってんだろ」と唾を吐くように言った。顎を突きだし、受付カウンターに肘をのせてくる。トレーナーの袖口が黒ずんでいた。あちこち頭皮がのぞく白髪まじりの髪はべったりとして濁った光沢を放っている。

「なってないよ、まったく。謝罪ひとつとってもそうだよ。なってない。あんたら、マニュアルっていうの、そういうのにのっとってさ、なんも自分の頭で考えずにやってんだろ。機械と一緒だよ、それじゃ。だから、なんも伝わってこないんだよ。俺はずっとここのデパート使ってるけどさ、どんどん駄目になってるよ。どうせ、あんたら派遣だかアルバイトだかなんだろ。責任ない奴《やつ》らばっかりだから駄目になるんだよ」

婦人服売場の店員の態度が悪かったという苦情が、私たちへの非難へ変わっている。どう若く見積もっても五十は下らない男性が婦人服売場になんの用事があったのか甚だ疑問だが、それを訊《き》くと火に油をそそぐことになるのだけはわかる。

「お客さまのご意見は必ず上の者にお伝えしますので」

森ちゃんが横から言った。苛立《いらだ》ちのせいでいつもより早口になっていることに、おそらく本人は気づいていない。

「ので？」

男性の顔が歪《ゆが》む。目をみひらき眉間に皺《しわ》をきざんだ大仰な憤りの表情の中に、わずかに嗜虐《しぎやく》の色がにじんでいた。

「のでって、なんだ。だからさっさと帰れっていうのか。お前、客の俺に命令するのか。突っ立って笑ってるくらいしか能のない受付嬢が。いますぐその上の者とやらを呼べ！お前ら、クビにしろって言ってやる！」

男性の喚《わめ》き声がエントランスホールの高い天井に響く。ひっきりなしに出入りする客は関わり合いにならないように目をそらし、同じフロアにある化粧品売場の店員なんかはもう一瞥《いちべつ》もくれない。受付カウンターに迷惑客が張りつくのはいつものことだからだ。質問のついでに同居家族の愚痴をえんえんと語る老人もいれば、この男性のように苦情という名の悪態を吐《つ》きにくる人もいる。

両手をそろえるたびに、小指がきずあとに触れる。左のふとももにある昔の傷はもう痛くもなんともなくて、ふだんはほとんど忘れているのに、こんなとき、在ることを思いだす。

自分の鬱憤をはらすために他人に頭を下げさせるってどんな気分だろう。きずあとは私を冷静にさせる。男性の怒号が遠くなり、ちょっと騒がしいテレビ番組と変わりなくなる。あなたの悪態はこの肌にはとどかない。私にこんな傷をつけることはできない。

引き際を失った男性は警備員がやってくるまで怒鳴り続け、私たちはずっと「申し訳ございません」をくり返し、頭を下げた。

男性がいなくなると、森ちゃんが「ほんと滅入る」とため息をついた。「あたしら人間扱いされてなくないですか？」

「そうだね」と姿勢をくずさず答える。

「あいつ先週もきたじゃないですか。アクセサリー売場の店員が客を差別しているって。

買う気なんてなくて若い女と喋りたいだけですよね。邪険にもされますよ。あたしたちのこと、かわいい制服を着たお人形型のサンドバッグだとでも思ってるんですかね。思い知らせてやりたい」

まさにお人形のような完璧な笑みを浮かべた森ちゃんがカウンターの下でぼきぼきと指を鳴らす。

「簡単だよ」と私はささやく。

「罵倒されるごとに血を吐けばいい」

森ちゃんがちらっと私をうかがう。

「人は人の痛みに気づかないから。血が噴きだすまでは」

「もしかして、めっちゃ怒ってます？」と森ちゃんがちょっと嬉しそうに言った。

「ぜんぜん」と微笑《ほほえ》んだ。

「仕事だもの」

高校二年のときだった。私はある日、とつぜん、教室に存在しなくなった。

前日まで一緒に昼ごはんを食べていた友人たちは私などいないかのようにふるまい、クラスの誰に話しかけても反応は返ってこなくなった。滅多に喋らないグループの子たちも、声の大きい派手な不良っぽい子たちも、仲間内でゲームやアニメの話しかしない男子たちも同じだった。返事はおろか、私を見ることすらしない。ひそひそ笑われることも、悪意をぶつけられることもない。

それは無視と呼ぶにはあまりに徹底していた。たいして仲の良いクラスでもなかったので、ただただ静かに持続される団結力が信じがたく、ほんとうは私はもう死んでいて、そのことに気づかないまま幽霊となって通学しているのかと思ったほどだった。

けれど、教師たちは私の名を呼んだ。班を作るときにあぶれる私を面倒臭そうに見て、「早くどこかに入れてもらいなさい」と言った。私は黙って近くの女子グループのそばへ寄った。彼女たちは嫌がるそぶりも見せず、教師の前でとりつくろうこともしなかった。私抜きで課題をこなし、なにを話しかけても、俯いて泣いてしまっても、やはりこちらを見ることはなかった。

原因はいくら考えてもわからなかった。借りていた雑誌を返しそびれていたとか、一学期末の英語のテストで名前が張りだされたこととか、冗談がきつかったのだろうかとか、サッカー部の三年の告白を断ったせいかとか、小さく思いあたる失敗や妬みはあるのだが、クラス全体を巻き込むほどの不評には繫《つな》がらない気がした。それとも、そういう鈍いところがいけなかったのか。

誰がはじめたのか、なにが原因なのか、わからないまま、一週間、二週間と過ぎていった。

危害を加えられるわけではない。けれど、私の存在も声も消され続ける。教室が騒がしくても、女子たちが笑っていても、私のまわりだけ無音だった。これが黙殺というのだと肌で知った。毎日、学校に通っては、ぽつりと席につき、自分をとりまく沈黙に殺された。

最初は休み時間を違う教室で過ごしていた。一年のころに同じクラスだった友人とお弁当を食べた。けれど、続くにつれ「クラスの子たちとなんかあった?」と心配されるようになった。全員に無視されているとは言えなかった。それが知られることでこの子たちにも無視されるようになったらと怖くなり、その教室にも行けなくなった。

きっと遊びのようなものだ。いつか飽きるだろう。誰にも邪魔されず勉強できるチャンスじゃないか。そう自分に言い聞かせて休み時間は教科書をひらいていたが、文字も数字も頭に入ってこなかった。成績はどんどん落ちていった。

授業時間以外は机に突っ伏す。耳を塞いでいても聞こえてくる笑い声に体がこわばる。自分がまっくらな穴になってしまったようで息が苦しくなる。食欲がなくなり、眠りも浅くなって、朝方まで寝つけないこともしばしばだった。眠ると、悪夢にうなされた。起きたら悪夢より重い日常が待っている。玄関で靴を履こうとすると、吐き気が込みあげ、冷たい汗がこめかみや背中をたらたらとつたう。遅刻する時間ぎりぎりまで玄関でうずくまっているのが常になった。

これは、いったいいつまで続くのか。クラス替えまで終わらないのか。クラスが替わってもこの黙殺は続行されるのか。せめて、理由を知りたかった。私の、なにが悪かったのか。

どんな問いも沈黙に呑《の》み込まれるだけで、声を放つ気力も奪われていった。

その日も家を出たのは朝のホームルームがはじまる二十分前だった。

高校までは自転車で十五分以上かかる。自転車置き場から教室へ走ってやっと間に合うくらいの時間だ。私は自転車を立ちこぎして、学生のいなくなった道を急いでいた。速くこげばこぐほど心臓がばくばくして、昨夜から続く動悸《どうき》をごまかしてくれた。喉の奥に吐いたばかりのトーストの欠片《かけら》がひっかかっている気がした。

住宅街にある十字路の青信号が点滅していた。スピードをあげて駆け抜ける。植木鉢をたくさんだしている家の横を通り過ぎたとき、一瞬ふとともに熱い線が触れたような気がした。

感電でもしたのかと思ったが、痺れる感じはない。間のびした予鈴が聞こえてきて、もっとスピードをあげた。

誰もいない自転車置き場に自転車を突っ込むと、上履きのかかとを踏んだまま廊下を走った。教室はまだ雑な騒がしさに満ちていて、ほっとする反面、長い黙殺の一日を覚悟して息がつまった。深呼吸をひとつして、戸を開ける。

あふれ返ったざわめきがゆっくりと消えていった。私のまわりだけにあった沈黙がクラスを呑み込んでいくようだった。

全員が驚いた顔で私を見ていた。視線は下のほう、私の脚にそそがれていた。

恐怖も、嬉しさもなかった。ただ呆気《あっけ》に取られて、ようやくクラスの人間の目の中に存在することができた自分の姿を感じていた。

ひゅっと息をのむ音がした。誰かが「ち……」とつぶやき、女子の幾人かが互いの顔をうかがい合う。男子たちが「やっべ」「ひくわ」と嫌悪をあらわにした。数人の子が自分じゃないというように首を横にふる。

ふいに、左脚に痒《かゆ》みをおぼえた。左手の指先で掻《か》くと、膝のあたりから乾いたものが剝離する感触があった。鉄錆《てつさび》のような匂いが鼻をかすめた。目を落とす。

片脚を真っ赤な線が這っていた。短いスカートの裾を黒っぽく染め、白い靴下を汚している。目の奥に食い込んでくるような赤。

「どうした」と怪訝《けげん》そうに教室に入ってきた担任の教師が、うわあ、と声をあげる。

「血だらけじゃないか！　歩けるか？　保健室！」

腕を取られる。廊下に出ると、教室の中がふたたびざわめきだした。教師が「痛むか？」と焦ったようすで私の鞄《かばん》を持つ。廊下には血が点々と落ちていた。

「ぜんぜん」と声をだした途端、喉の奥から笑いがこみあげてきた。血くらいで、と思った。クラスの皆の顔が可笑《おか》しかった。あれだけ徹底して無視していたくせに、こんな血くらいで私を見るのか。こんな、ほとんど痛みともいえない痛みで。沈黙の苦しさに比べたら、こんなもの、なんてことないのに。

「ばかみたい」

そう言って笑う私を教師は気味悪そうに眺めていた。

左のふとももはまっすぐ横に裂かれていた。しばらくして血は止まったが、傷は絆創《ばんそう》膏《こう》でおさまる長さではなく、やや大げさに包帯を巻かれてしまった。

とにかくもう今日は帰って病院へいけ、という教師に従って、自転車を押して校門を出た。背後で鳴るチャイムがしらじらしく響いた。昼前の通学路はやけにひろくて、いつもより眩しい気がした。鼻の奥がすんと埃《ほこり》っぽい。奇妙な解放感があった。

ふとももに熱さをおぼえた十字路に差しかかる。植木鉢が軒下にずらりと並んでいる家が角にあった。歩きながら見ると、すべてサボテンの鉢のようだった。植物は丸かったり平たかったり細長かったりしたが、どれも肉厚で、種類の違う爬虫《はちゅう》類の卵が無数に産みつけられたように見える。玄関口をのぞいた敷地内が、隙間なくサボテン鉢に埋め尽くされている。サボテンたちは、普通の植物にはないぼってりとした存在感を放っていた。

ひとつ、ひと抱えほどもある大きな鉢があった。濃い緑色をした、たっぷりと重そうな葉を四方八方に伸ばす、巨大なアロエのような植物が鉢から溢《あふ》れていた。育ちすぎて道にせりだしている。これもサボテンなのだろうかと近づき、葉の先端を見てぎょっとする。

黒い棘《とげ》があった。鉱物のように硬く、棘というよりは鉤爪《かぎづめ》や針といった能動的に攻撃できる器官に見える。これが私のふとももを切り裂いたのかもしれない。大きな葉の先の棘をひとつひとつ見たが、折れたり曲がったりしているものはなかった。

ふいに、建てつけの悪い音がして玄関戸が開いた。白髪をお団子に結ったおばあさんが顔をのぞかせる。室内から見ていたのだろう、確信を持ったまるい声で「かわいいでしょう」と話しかけてきた。

「あ、はい、まあ……たくさんですね」

「多肉植物が好きなの。ぷくぷくして、みんなかたちがそれぞれで、とてもかわいくてねえ」

「そう……なんですか」

ぎこちなく相槌《あいづち》を打つ。おばあさんは青地に赤の水玉模様の割烹着《かっぽうぎ》姿だった。目に食い込んでくるような色彩。こんな派手な割烹着、どこに売っているんだろう、と思わず見てしまう。

「その足元のは白玉殿《はくぎょくでん》、ふわふわの白い毛玉に見えるけどちゃんと棘なのよ。しろたまちゃんって呼んでいるの。そっちのあおい氷砂糖みたいのはブルビネ・メセンブリアンテモイデス。棘はないけど、もうもう美しいでしょう。二株あって色の薄いほうはしづくちゃんで、緑が濃いのが翡翠《ひすい》ちゃんよ」

おばあさんは多肉植物をひとつひとつ指しては孫を自慢するみたいに可愛さを称《たた》える。やわらかい喋り方なのに、舌を嚙《か》みそうな植物名だけはつけつけと早口になる。話が止まらない。孤独なのかもしれないと思うと、中途半端に関わってはいけない気がした。

「あの、そろそろ……」と去りかけると、棘のついた巨大アロエに微笑みかけた。

「そのなかでもこの子は特別。恐竜の王冠みたいじゃない？　竜舌蘭《りゅうぜつらん》っていうのよ」

「これは……竜ちゃん、ですか？」

つい口にしてしまうと、おばあさんは私を見て「すごいわ、よくわかったわね」と目をまんまるにした。「わかりますよ」と言いながら、ふは、と気の抜けた笑いがこぼれた。ひさびさに体がゆるんで、視界がにじんだ。

おばあさんがふと、私の脚の包帯に目をやった。

「あら、怪我？」

教室の目がよみがえり、すっと頭の中が冷たくなった。

「大丈夫です」と素早く言い、「ありがとうございました」と頭を下げた。

家に帰ると、仕事から戻ってきた母親が険しい顔をして待っていた。教師が連絡したのだろう。すぐに病院に連れていかれた。

医師はまだ鮮やかな血がにじむ傷を診ると、「これはナイフですか」と問うた。横で母親が「え」と悲鳴のような声をだす。

「たぶん植物です。でっかいサボテンみたいな。自転車に乗っているときに」

「へえ、ずいぶん鋭利なもんですね。すっぱり切れている」

医師は感心するように言った。「念のため、消毒はしっかりしておきましょう」と看護師に指示をだす。

「縫わなくていいんですか」と母親が身を乗りだした。

「ごくシンプルな傷ですよ。縫うほどでもないです。テープ固定で充分でしょう。きれいに切れているので、化膿《かのう》しなければきれいにくっつきますよ」

医師はカルテに「切創」と書いた。

「でも痕が残ったら」

私は母親をさえぎった。

「いいです。痕になっても」

医師と看護師が私を見る。「いいんです」と、もう一度言った。

母親も教師も何度も怪我の理由を尋ねてきた。私の様子や教室の雰囲気がおかしかったせいだろう。「ほんとうのことを言いなさい」と怖い顔をして詰め寄ってきた。特に教師はしつこかった。「なにをされたか教えて欲しい」と言われても答えられなかった。ただ、一ヶ月半の間、なにもされなかっただけなのだから。父親は私の脚を見て「そんなにスカートを短くしているからだ」とだけ言った。

流血に動揺したことでほころびが生じたのか、クラス全体による無視は徐々になくなっていった。もとから親しいわけでもなかったクラスメイトがわざわざ話しかけてくることはなかったが、ぶつかったりプリントをまわしたりするときには反応を返してくれるようになった。何人かの女子が個別に面談を受け、仲良かったグループの子たちは泣いて謝ってきた。泣き顔はみんな同じに見えた。

無視を提案した女生徒は三人いた。体育の授業や行事でしか関わることのない、しょっちゅう香水の匂いをさせている子たちだった。教師に咎《とが》められた子の一人は「習い事のストレスで」と泣きじゃくって、他の二人は「なんとなく」と言ったそうだ。「はじめは数日のつもりだったけれど、なんか平気そうに見えたから」とも答えたらしい。

どうでもよかった。自分でも驚くほどさめていた。

主導した子たちにも、親しかった子たちにも、なんの怒りもわかなかった。

医師の言った「シンプルな傷」という言葉が残っていた。竜舌蘭の棘が私の皮膚をまっすぐに切り裂き、シンプルに血が流れた。そして、クラスの誰もが血が流れるまで私の痛みには気がつかなかった。とてもシンプルな話。

傷口のかさぶたが剝がれたころ、帰り道でサボテンの家の前におばあさんを見かけた。今日は黄と紫のチェックの割烹着だった。背中を丸めて、恐竜の王冠みたいと言った巨大な多肉植物に向き合っている。

通り過ぎようとしたとき、バチンと尖《とが》った音が聞こえた。反射的に自転車のブレーキを握っていた。

剪定《せんてい》ばさみを持ったおばあさんがふり返る。心なしか目が潤んでいるように見えた。

「あら、このあいだのお嬢さん」

「なにしてるんですか」

自転車を降りて、嫌な予感が当たったことを知る。サボテンの立派な棘が伐《き》り落とされていた。

「どうして……」

「通る人の服に引っかかって破っちゃったのよ。苦情がきて、うちの主人が怒っちゃってね。棘のある植物なんて危ないだろうって。そりゃそうよね」

違う葉の棘を刃で挟み、皺だらけの手にぎゅっと力を込める。バチン、と鉤爪のような棘が落ちて、おばあさんの白髪のお団子が揺れた。「ごめんね、竜ちゃん」と、ささやく。

「棘があることなんて見ればわかるじゃないですか。ここまで育てて、いまさら」

「見ていないのよ」と、おばあさんが微笑んだ。

「こんなにあるのに？」

「興味がないものは見えないの。じっとしている植物ならなおさら」

バチン。また棘が伐られる。私の肌をまっすぐに切り裂いた美しい棘が。

「大事な植物なのに……逆らわないんですか？」

大切に育てたものを自らの手で傷つけさせる、おばあさんの伴侶に怒りがわいた。もう怒りなんてなくなったと思っていたのに。

「逆らう？」

おばあさんは可笑しくてたまらないというように笑った。

「黙って言うことをきいてるほうが面倒がなくていいのよ。あたしはなーんにも言わない。いままでずっとそうだったんだから。この子たちと一緒。大丈夫、この子は棘がなくても生きていけるから」

ふっと高い空を見上げた。細くたなびく雲を見つめ、「もうすぐ寒くなるから、弱ってしまわないといいけど……」とつぶやいた。

「多肉植物が好きなのは、棘があるからですか？」

いつの間にか、無数の小さなナイフを持つ、もの言わぬ植物に自分を重ねていた。

おばあさんは目を細めながら私を見た。「それもあるけれど」と首を傾ける。

「花が咲くからよ。毎年じゃないの。数年に一度、五十年、百年に一度という子もいれば、一回だけ咲いて枯れてしまう子もいるわ。でも、そのぶん、それはそれは美しい花を咲かせるの」

びっくりするわよ、とおばあさんは剪定ばさみを握りしめたまま笑った。

また見にきます、と言いたかったのに言えなかった。代わりに「その割烹着、どこに売ってるんですか？」と訊いた。

おばあさんはちょっと恥ずかしそうに「自分で作っているの。こんなおばあちゃんには派手すぎるわよね」と目をしばたたかせた。

「すごくかっこいいです」と言って、おばあさんが最後の棘を切るまで見守った。


友人らしい友人を作らないまま高校を卒業した。黙殺されていた一ヶ月半はクラスの中ではなかったことになっていて、社会にでてからもクラス会の誘いが何回かきた。当時、私の存在をなかったものにしていた子たちからＳＮＳに友人申請がくるたびに視界が歪むような心地になった。

彼女たちは仕事の愚痴をつぶやき、恋人との旅行写真をアップし、ファッションやグルメ情報をそれとなく披露し、子どもが生まれたら報告して祝いの言葉をかけ合う。高校生のころ、私を黙殺していた人たちが自らの平和なプライベートを流してくる。

忘れているのか、忘れたふりをしているのか。もう血は流れていないから、なかったことにしてもいいと思っているのだろうか。思うという意識もなく。

けれど、私もわからない。誰かの存在を消し続けた気持ちが。傷つけている意思もないまま誰かを傷つけたときにどうやって謝り、どう自分を納得させて生きていくのか。人は驚くほど、人の痛みに無自覚なのだ。

微笑みを張りつけて、姿勢も口調も身だしなみもくずさず、百貨店の顔でいる仕事は自分に合っていると思う。受付カウンターから人々の姿や表情を眺めていると、頭の奥がしんとする。

ただ、ときどき血をほとばしらせたくなる。噴きだす赤に驚く人々の顔を想像する。みんな、皮膚の下に流れている赤を忘れて暮らしている。

休憩室で画面をスクロールする指が止まった。地元の子のＳＮＳに見覚えのある家の写真があがっていた。

無数の植木鉢でむくむくと育つ多肉植物。棘をなくした巨大な竜舌蘭。放射状にひろがる厚い葉の中央から長い長い茎が伸びている。家の屋根を越えてずっと高く、青い空のただなかで黄色い花を咲かせていた。まるで狼煙《のろし》のように。

「すごい」

声がもれていた。こんな花が咲いたなら、足を止めない人はいない。あの人の伴侶だって、目に入らないはずがない。煙草《たばこ》の臭いをさせながら休憩室に戻ってきた森ちゃんが「え、なんですか」とスマホをのぞき込んでくる。

「花」

「うわ、旗じゃないですか、こんなの。すごい生命力」

「私、この植物に血まみれにされたことあるよ」

「こわ。てか、なんで嬉しそうなんですか」と笑われる。

嬉しかったのだ。沈黙に殺される中、目を背けようもない傷をつけてくれたことが。私が在ることを、私の痛みを、暴力的なまでにはっきりと示してくれた。

そっと制服の上から古い傷に触れる。きずあとは白い。赤い血をしたたらせたことなど覚えていないかのように、ふともに白い線を描いている。線状瘢痕《はんこん》というらしい。私の傷の名を知りたくて医学書で調べた。

きずあとは高校生のときの肌のようにつるつるとしていて歳《とし》をとらない。

結露

一口だけ飲んだジンバックの、曇っていくグラスの表面を見つめている。カウンターに落ちるスポットライトが、ぎっしり詰まった氷を虹色に光らせていた。

後ろのテーブル席からの笑い声が、店内に流れる洋楽を途切れ途切れの雑音に変える。爆笑という言葉がぴったりの、爆発音のような笑い。男性たちの濁った野太い声の塊が背中にぶつかってくる。同じ営業部の浜田さんはそれをものともせず喋り続けている。

「だからさあ、オレも気をきかせてたまには息抜きしてきたらいいって言ってやってんのに、ずっと怒ってんのよ。そういうことじゃないってさ。じゃあ、どういうことなんだよ。オレ、育児には協力的なほうだし、けっこう家事だって手伝ってんだよ。それでも不満だって言うから息抜きしたいのかなって思うじゃん――」

また、笑い声が破裂する。浜田さんのぼやきがかき消されるが、同じことをぐるぐる繰り返しているので多少聞き逃しても支障はない。手元のグラスに目を注いだまま、ときどき頷《うなず》いてさえいればいい。

グラスの中で氷が軋《きし》んだ音をたてて崩れた。グラスの表面を白く覆っていた曇りは徐々に滲《にじ》みはじめている。滲みはじわじわと繋がり露を形成していく。露がわずかずつ盛りあがり、震え、その最初の水滴が伝い落ちる瞬間を見たい。

小さい頃から不思議だった。「なんでコップが濡れるの?」と訊いては、結露の仕組みをうまく説明できない両親を困らせていた。小学校に入る前だったと思う。「見えないお水がコップにくっつくんだよ」と、親戚のお姉さんに教えられた。親族の集まりでいつも隅っこの方に母親と座っているお姉さんだった。大人になって知ったが、叔父の再婚相手の連れ子だったらしい。叔父は上座であぐらをかき、男だけで酒を呑んで笑っていた。「見えないお水?」と首を傾《かし》げた俺に、「空気中には目に見えない水がいっぱい浮かんでいるの」とお姉さんは言い、自分の席へと戻って本を読みはじめた。折り紙のような紺色のプリーツスカートがさらさらと揺れていたことを覚えている。

いま思えば、唯《ゆい》さんは彼女にちょっと似ている。お姉さんは名を知ることもないまま、いつしか親戚の集まりで見かけなくなった。叔父との折り合いが良くなかったらしい。一度、叔父が「本ばかり読んで可愛げがなくて」と大声で言っていた記憶がある。母親たちがこそこそと、家出したらしいとか噂《うわさ》をしていた。

もう、「見えない水」の正体が水蒸気であることも、多くの水蒸気を含む暖かい空気が冷たい飲み物によって冷やされ飽和水蒸気量を越えてしまうことで水滴がつくことも知っている。あの頃の両親と違い、たいていのことはスマホで調べられ、子供にもわかる簡単な説明も検索すればでてくる。

「見えない水」の正体だけではない。横でとうとうと語っている浜田さんの悩みですら解決できるだろう。浜田さんのような夫への愚痴はネット上にあふれ返っている。知る気があれば世の妻の声はちゃんと入ってくるはずなのに。

「手伝うっていう言い方が他人事《ひとごと》っぽくて嫌なんじゃないですかね。チームでやってる案件を手伝いますって言われたらイラッとしません？」

やんわりと言うと、「あー、あー、それが地雷なわけね」と溜息をつかれた。地雷という強い単語にぎくりとする。「あと、言ってやってる、とか上から目線ぽくないですか」と動揺をごまかす。

「なんだよ、言葉のあやってやつだろ。そんなんで怒るのは信頼関係がない奴だよ」

「だから、ないんじゃないですか」

「なにが」

「信頼」

浜田さんは叩かれた犬のような顔をした。ちょっと申し訳なくなる。

「じゃあ、なんて言えばいいんだよ？　家事を分担？　させていただく？　でも、言い方を変えたって、やってることは一緒だろ。あちこちに地雷があって息苦しいよ。なんも言えなくなる」

「いや、わかりませんよ」と慌てて言う。「あくまで想像なので、ちゃんと本人に訊いてみたほうがいいと思いますよ」

まず、まっすぐ家に帰らないで飲みに行き、夫婦の問題を部下に愚痴っていることがもう駄目だろう。でも、こういう更新されていない価値観で生きている人を見ていると少しだけほっとする。自分はまだましなのだと自覚できるから。

「でも、口きいてくんねえんだよ」

浜田さんはグラスを空け、泡のついた口で生ビールのお代わりを頼んだ。自分のグラスに目線を戻すと、表面で盛りあがっていた露はもう滴り落ちたあとだった。グラスにはなめくじが這ったような透明な線ができ、紙のコースターに浸《し》み込んでいた。また滴る瞬間を見られなかったと小さく落胆しながら、冷たく濡れたグラスを持ちあげる。

ぱちぱちと弾《はじ》ける液体が喉を流れて、生姜《しょうが》と薬草の香りが鼻を抜ける。後ろの笑い声は酔いの深まりと共にますます大きくなっていた。どっと沸く哄笑《こうしょう》がびりびりと背に伝わる。

突然、隣の若い女性客二人が嫌そうな顔をして立ちあがった。

「うっさ。おっさんの笑い声ってむっちゃ響くよね」

「ふつうに怖いし」

そう言い残して店を出ていく。浜田さんが大袈裟《おおげさ》に目を剝《む》いた。

「オレらって笑ってるだけで怖がられんの？」

傷つくわ、と言う浜田さんの表情はおどけていて、どこか楽しそうだった。浜田さんのところは、きっと地雷じゃなくて結露なんだろうなと思った。いちいち言葉にするほどでもない無数の不満が、浜田さんの妻の飽和状態を越えてしまったのだろう。

でも、恐らく、俺の場合は地雷だった。唯さんの地雷を踏んだのだ。

みぞおちの辺りが重くなり、また愚痴が再開される前に切りあげようと「そもそも、夫婦間のことをネタにするのがＮＧですしね」と言うと、浜田さんは「ああー」と気のない返事をした。

「そういや、あの生意気そうな子に怒られたよな、宣伝部の」

黙っていると、赤らんだ鼻を掻きながら笑った。

「でも、文句言ってても、かわいいとこもあんのよ。うちの、オレ以外、男知らないし」

もう何も言う気をなくした。


浜田さんが言う「生意気そうな子」が、唯さんだ。小柄できびきびとして、多分とか、ちょっととか、曖昧なことは口にしない人。迷ったら「十分、考えさせて」と姿を消し、ぴったり十分後に返事をくれる。

営業部に異動になったばかりの頃、俺ともう一人の男性を連れて浜田さんが宣伝部に挨拶に行った。もう一人の男性は俺より二つ上の既婚者で、定時で帰ることで有名だった。浜田さんは彼の頭をぐしゃぐしゃと掻きまわしながら笑った。

「こいつ、すっごい恐妻家で、若いのにこんな白髪増えちゃってんの。飛んで帰っちゃうけど苦労してるしよろしく」

誰もが微妙な苦笑いを浮かべる中、唯さんだけがまっすぐ浜田さんを見て言った。

「他人の容姿について言及するのも、他人の家庭を揶揄《やゆ》するのも、なにも面白くありません」

浜田さんが呆気に取られている間に、唯さんは、社外で打ち合わせがあるので、とくるりと背を向けた。廊下をすたすたと往《い》く小さな後ろ姿を思わず追いかけてしまった。エレベーターの前で「あの」と追いつくと、唯さんは俺を見上げて「わかってますよ」と言った。

「悪い人じゃないから、でしょう」

「あ、まあ、はい……」

そう頷くのがやっとだった。正直、何を言うか考えずに声をかけてしまった。明滅していく階数表示を横目で窺《うかが》いながら「浜田さんはふざけてるだけで……でも、確かに傷つきますよね。良くないですね」と整理しようとする。

「私は悪い人だと責めているわけじゃないです。言われた人が傷つくかどうかもわからない。ただ、私はあの場であの言動に笑いたくなかっただけで、怒ってもいません」

唯さんは真顔で言った。静かな顔だった。たったひとつの波紋もない湖みたいな人だな、と思って、黒に見えた髪に青のインナーカラーが入っているのに気付いた。似合いますね、と言いかけてやめた。容姿について言及するのは駄目だった。

「良かったです」とだけ言うと、唯さんは不思議そうな顔をした。俺より年上のはずなのに、その表情は幼く見えた。

唯さんを見かけると話しかけた。「お昼なに食べました?」と訊くと、たいてい「蕎《そ》麦《ば》です」と返ってくるので、蕎麦好きの友人に店を教えてもらいあちこち誘った。初めて休日に外で会った時、唯さんは昼食の手打ち蕎麦の後に「今日は三つ、プランがあるんですが、どれがいいですか」と生真面目な顔で提案してくれた。解散、美術館、純喫茶で、行きたい展示も店も決まっていた。純喫茶を選んで、その日は夕食まで一緒にいた。その次の週は美術館へ行った。唯さんが行きたがる展示は現代アートが多く、色がぶちまけられた巨大な絵だったり、壁に穴が空いているだけだったり、ピンクチラシが張り巡らされた小部屋だったりと、どう捉えていいかわからないものばかりだったが、それらを見つめる唯さんの横顔を眺めているのが好きだった。言うことははっきりしていたが、唯さんの周りの空気は静かで破綻がないように思えた。

敬語がなくなり、休日は毎週のように会うようになって、好意を持たれている確信が欲しくなって好きだと伝えた。唯さんは「じゃあ、付き合おうか」と言った。ちゃんと言葉にして関係を築くのは高校以来で、気恥ずかしくて「はい」とかしこまってしまい、笑われた。笑った顔はむちゃくちゃ可愛いと思ったし、それを伝えてもいい関係になれたことが嬉しかった。

事件はその数日後、初めて唯さんの家に泊まった晩に起きた。「お風呂、入ってきたら」とバスタオルを渡された。シャワーではなくちゃんと風呂なのが唯さんらしいな、と思いながら柑橘《かんきつ》の香りの湯に浸かり、俺があがると交代で唯さんがそそくさと浴室に消えた。もうそういうことだろう、いいってことだろう、と自分に言い聞かせながらベッドで待っていると、しっかり髪を乾かしているのにバスタオル一枚というアンバランスな格好の唯さんがやってきて「よろしく」と片手を差しだしてきた。小さな柔らかい手を取り、引き寄せた。滞りなくおこなえた、と思う。

しばらく無言で抱き合っていた。腕の力を緩めると、「なにか飲む？」と唯さんが身を起こし、ぱちんとスイッチの硬い音が響いた。俺も起きあがる。あかあかと点《つ》いた照明の中、目に飛び込んできたのは花が散ったような赤だった。シーツの中央からちょっと下、ちょうど腰が触れる辺りに鮮血が浸み込んでいた。

え、嘘。

咄嗟《とっさ》によぎったのはそれで、そのまま声にだしてしまっていた。処女という言葉は口にしなかったはずだ。それでも、裸で立ち尽くす唯さんの表情を見て、自分が失敗したことを悟った。

もそもそと下着を身につけ、寝巻き代わりに渡されたTシャツを被《かぶ》ると、唯さんはもう少し仕事をすると済まなそうに言って、血のついたシーツを勢いよく剝いで、職人のように無駄のない動きで取り替えた。キーボードを打つ音を遠く聞きながら、柔軟剤の匂いのするシーツに寝転んだまま、炭酸水のペットボトルについた水滴を眺めていた。雫《しずく》が伝う度に、いままで築きあげた信頼や好意がこぼれ落ちていく気がした。

同じベッドで寝たものの、唯さんの身体は遠く、触れるとびくりと強張《こわば》ったのでもう手を伸ばせなくなった。次の朝もぎこちなく別れ、それからもう一週間以上、連絡はない。会社で顔を合わせても挨拶か業務連絡しかしない。

何かフォローすべきなのはわかっていたが、何をどう伝えればいいのか判断ができなかった。何を言っても間違いをますます深めてしまう気がした。処女だったことが嬉しかったわけでも、迷惑だったわけでもない。ただ、所見として驚いただけだった。唯さんの三十二歳という年齢から抱いた感想ではなかった。それでも、傷つけてしまっただろう。大事に取っておいてくれたのに。

そこまで考えて、浜田さんの顔が浮かんだ。「オレ以外、男知らないし」と言った時、ひくひくと得意げに膨らんだ小鼻はグロテスクだった。

大事に取っておいてくれたのに？

そんなわけがない。浜田さんと同じじゃないか。あんな気持ちの悪い表情を自分も浮かべているのかと思うとぞっとした。席を立って、トイレへと急ぐ。自分が今どんな顔をしているのか不安だった。

廊下の曲がり角で庶務の女性とぶつかった。小さな悲鳴と散らばる郵便物。

「すみません！　大丈夫ですか？」

咄嗟に叫んで、気付く。どうして、あの時、唯さんにそう声をかけてあげられなかったのか。血がでていたのに、痛かったかもしれないのに、ただ自分の失言に狼狽《ろうばい》して相手の身体を気遣うことすらしなかった。

付き合うことになったから、身体に触れる許可をもらったのだと思っていた。容姿についてロにしても恋人である自分だけは許されると思っていた。傷だってつけていいと、俺は思っていたのかもしれない。だから、身を案じるという当たり前の反応すらできなかったのだ。

「俺、最低だ……」

庶務の女性がぎょっと顔をあげる。

「ほんとに大丈夫ですから」

焦ったように言う女性に謝りながら郵便物を拾った。

昼休みに、唯さんが毎日のように通う蕎麦屋へ行った。店の前で待っていると、果たして唯さんが一人でやってきた。俺を見て、足を止める。「お疲れさまです」と軽く頭を下げてくる。

「あの……身体はどう？　いまさら、なんだよって感じだろうけど」

唯さんは黙ったままだ。俯いて、はっと顔をあげ、きびすを返そうとした。慌てて腕を摑《つか》み、「ごめん！」とまた離す。「違うの」と唯さんが小さな声で言った。

「部署で履いている靴で出てきちゃって……」

見ると、足元がスリッポンだった。すっきりとしたラインの紺色のワンピースを着ているのに。唯さんの耳が赤い。ふ、と笑うと、そんなに怖くない顔で睨《にら》まれた。俺たちの横を何人かが通り過ぎて店に入っていく。

「すだち蕎麦」と唯さんが呟《つぶや》いた。「売り切れてしまう」

今日はすだち蕎麦と決めてきたようだ。

「もうこのままでいいんじゃない」

そう言うと、「そうする」と先にたって蕎麦屋の引き戸を開けた。

正方形の小さなテーブルに向かい合わせで座る。「食べてから話していい？」と唯さんは言い、澄んだ出汁《だし》に浮いたすだちの輪切りを避けながらちるちると蕎麦をすすった。俺は揚げ茄子《なす》と大根おろしのぶっかけ蕎麦を食べた。唯さんが髪を耳にかけると青のインナーカラーが露《あら》わになり、こめかみの白さを際だたせた。青い血管が薄く透けてきれいだった。

「ねえ」

一心に食べていた唯さんがふいに顔をあげたので、蕎麦を吹きそうになった。

「一緒に行った展示で好きなのあった？」

「美術館の？」

「うん、なんかあんまり好きそうじゃなかったから」

言葉を探す。唯さんが楽しそうだったからいいと言ったら嫌がるだろうな。

「そういうわけじゃないよ。現代アートは俺にはちょっと難しいから……」

「そうじゃなくて」と唯さんが強めに言った。ぎくりと肩に力が入る。気取られないように笑ってみせる。

「私は、好きなのはなかったのって訊いてるの。正解を探そうとしないで。好きは考えなくてもでてくるでしょ」

正解を、と言われて小さく狼狽《うろた》える。嫌われないようにしようとしていたことを見抜かれていた気がした。蕎麦茶を飲んで考える。いつも唯さんがしているように、慎重に自分の言葉を探す。

「広い部屋に水が張ってある作品。壁が鏡になっていて、青い水面がずっとずっと続いているやつ」

唯さんは箸を持つ手を止めて俺を見つめていた。しんとした目。

「なんか静かで、吸い込んでくれそうな感じが、落ち着いた」

「吸い込む?」

「うん。見えない水を」

「見えない水」

唯さんの声が、まるで自分の声のように身の裡《うち》で反響する。

「空気中にある、見えない水。ガラスコップの表面で結露するまで誰にも気付いてもらえない水。あの水が小さい頃、ちょっと気持ち悪かった。どこから来たのか、触ってもいいものなのか、わからなくて。その正体を教えてくれた親戚の女の子がいたんだけど、ある日、いなくなった。まだ二十歳になっていなかったと思う。家出したとか、母親の再婚相手と不仲だったとか聞いたけど、それ以上なにもわからなかった。見えない水と同じようにあの子の苦しみや怒りも空気中に散らばっていたのかもしれないのに」

決壊するまで誰もそのサインに気付かなかった。

「俺、たぶん、女の人が怖くて」

「たぶん、なの？」

「いや、怖い。気付かないうちに傷つけてしまいそうで」

でも、唯さんだったら、嫌なこともちゃんと言葉にしてくれる気がして安心していた。彼女が傍《そば》にいるうちは自分は間違えていないんだ、と思えた。俺は浜田さんや叔父とは違う。無自覚に人を傷つける人間ではないと。その証《あかし》が唯さんだった。

「なのに……」

言葉に詰まる。「行こうか」と唯さんが伝票を持って立ちあがった。


ビルとビルの間の公園へ向かう。ビルのガラスで乱反射する日差しが眩しくて、公園に足を踏み入れるとわずかに目が楽になった。ベンチでは背広を顔にかけたサラリーマンが寝ていた。タコのすべり台はあちこち塗料が剝げ、黒ずんだ砂場からはぴょんぴょんと雑草が生え、長らく誰も遊んでいない感じがした。

半分埋まったタイヤに座った唯さんが「あっ」と腰を浮かし、また座った。俺はブランコの傍に立った。鉄錆の匂いがして、あの晩の血の染みを思いだした。

唯さんを見ると、「処女膜再生術って知ってる？」と歌うように言った。

「え」

「破れてしまった処女膜を修復する施術。医師が糸で処女膜を縫い合わせて、もう一度処女体験ができるようにするんだって。また破られるために再生させるなんて、そんな手術があるなんて信じられないよね」

「うん」と素直に頷く。唯さんは太腿《ふともも》の上で頰杖《ほおづえ》をついた。

「私はそれを母から聞いたの。大丈夫、こんな方法があるのよって。半信半疑で調べてみたら本当にあった。どこに需要があるのか理解できないと思ったけれど、性被害に遭った人にとっては救いになるのかもしれない。でも、母は私を試すために言った」

「試す？」

唯さんは大きく息を吐いた。コーヒーを売るバンが閑散とした公園の横をのろのろと通り過ぎていく。

「高校の頃、世界史の先生と噂になったの。奥さんも子供もいる先生で、田舎町だったから広まって、先生は転勤していった。私たちがどんな関係だったか、私は誰にも話すつもりはなかった。今もない。でも、先生がいなくなって寂しかった。手紙を書こうにも住所も勤務先も教えてもらえなくて。ひたすら勉強して東京の大学に進学が決まった時、母がその手術を受けないかと言ってきたの。受けると答えれば私は処女を失ったことを白状することになる。必要ないと断れば自分の娘はきれいなまま。さあ、どっち、と目が言っていた」

何と答えていいかわからず黙っていた。背を丸めて頰杖をつく唯さんの目は、砂場も公園の柵も越えてずっと遠くを見つめていた。

「施術の名前があるってことは、傷なの。初体験の傷は裂傷なんだって。処女膜裂傷。きずものって言葉が女にしか使われない意味がわかった。傷が、つくの。でも、スポーツなんかで自然に破れることもあれば、初めてでも出血も痛みもない人もいる。裂けて傷ついても、外からはわからない、見えない傷。処女をありがたがる古い男は、自分では見ることのできない傷を女の身体に刻めたことを生涯の誇りにでもするのかな。母は傷のない娘を再生できたら満足だったのかな」

変なの、と唯さんは呟いた。それから、俺を見た。

「でも、私も母と同じことをした」

「同じこと？」

「うん」と唯さんはまっすぐ頷いた。

「あなたを試した。試すつもりはなかったけど、シーツについた血を見た瞬間、本当のことを隠して、あなたの反応を窺っていた。処女に対する本音を暴いて、自分に相応《ふさわ》しい人間かどうか見極めようとしたの。処女性を嫌悪していたくせに利用しようとした。そんな自分が嫌で、嫌で、どうしても連絡できなかった」

「でも、それはさ」と一歩近づいた。唯さんは立ちあがったが、距離を取ろうとはしなかった。

「俺が自分の意見をずっと言わなかったからだよね。唯さんに嫌われるのが怖くて」

返事はなかった。唯さんは唇を嚙んで、左耳のピアスを弄《いじ》っていた。困った時の癖だった。

「なんか、お互い、馬鹿だね」

唯さんが言って、うん、と頷く。

「本当はなんの血？」

「腰」

閑散とした公園に小さな声が転がった。

「早くお風呂からあがろうって焦っちゃって、湯船から出る時、蛇口で腰をえぐったの。その傷からの血。私、几帳面《きちょうめん》に見えてそそっかしいところがあって。恥ずかしかった」

「うわ、痛かったでしょう」

思わず顔をしかめてしまう。「それが、ぜんぜん」と唯さんが首を振る。「してる時も夢中で、まったく痛みを感じなかった。嬉しかったから」

それを聞いて身体が熱くなった。愛《いと》おしさが込みあげる。

「唯さん」

「なに」

「もう一緒に早退しませんか」

「駄目です」

意を決して言ったのに、あっさりと断られた。でも、もう傷つかなかった。会社に向かって歩きだしながら「今日の夕方、抜糸だから」と唯さんが言う。

「え、縫ったの！」

平然と頷かれる。

「もう塞がったよ。でも、痕になるかも」

背中で言って早足で歩いていく唯さんの向こうに、膨らみかけの入道雲が見えた。

何か言いかけて、やめた。気にしないよとも、残念だよとも、俺に言う資格はない。誰にもない。唯さんの身体は、唯さんのためだけに在るものだから。

それでも、傷痕を見たかった。唯さんの身体に刻まれた、まだ見ぬ傷を愛おしく思う気持ちが確かにあった。その罪悪感を抱えたまま、目を凝らしながら彼女の傍にいたいと思った。

この世のすべての

ひきつれた顔の男がいる。

男はいつもちぐはぐな色のスウェットの上下を着て、えんじ色のつっかけを履いている。硬そうな杖を握りしめているが、足腰はしっかりとして、がに股でのしのしと歩く。杖を持っていないほうの右手はポケットにしまわれている。

どこの公園にもいそうな、いかにも退職老人といった風情の男だが、フォレスト奥沢で彼を知らない者はいない。新しく引っ越してきた人は皆、一度はそのひきつれた顔に目を奪われ、男の虫の居所が悪ければ罵声の洗礼を受ける。

男の顔には赤黒い線が走っている。鼻は顔の中心からずれるように曲がり、唇の右端には口が裂けたような痕がのび、麻痺《まひ》があるのか大声をあげると顔半分が歪む。傷のまわりの肉はかすかに盛りあがっている。それは地学の授業で習った断層を彷彿《ほうふつ》とさせた。断層のずれから地震が発生するように、傷痕のひきつれから男の攻撃的な言動が生みだされているのではと思うほどに、男はいつも肩をいからせ、なにか気に食わないことがあるとすぐに怒鳴った。

　フォレスト奥沢に住む小さな子どもは、お化けより鬼より男を恐れていた。言う事をきかない子がいると親は「傷のおじさんを呼ぶよ！」と脅し、すると子どもたちは震えあがっておとなしくなるのだった。ときおり、男の傷を「フランケンシュタイン！」などと言ってからかう子どももいたが、すぐに男に捕まり、呼びだされた親の前で散々に怒鳴られた。

　男はうるさい子どもが嫌いに見えた。

　けれど、男がもっとも憎んでいたのは犬だった。

　フォレスト奥沢は木々に囲まれ、森のようだ。隣接する運動公園の森と繋がっているが、間には柵と通用門がある。整えられたフォレスト奥沢の木々と違って、区が管理する運動公園の木々は野放図に枝をのばし、森は昼でも暗い。男はその人工的な森と暗い森の境目に立ち、運動公園へと散歩に向かう飼い主と犬に目を光らせている。

　運動公園にはドッグランがあり、地域の犬飼いたちの交流の場でもあった。運動公園を目前にして、待ちきれなくなった犬がペットカートから頭をだしたり、吠《ほ》えたりすると、男は弾かれたように管理棟へと向かい苦情を申し立てた。広大なフォレスト奥沢の敷地内を歩きまわり、犬の糞《ふん》が落ちていないか、住宅棟を繋ぐ歩道に犬が粗相をしていないか、仔細《しさい》に点検する。少しでもマナー違反をしている飼い主を見つけたら、すぐさま管理棟へと報告し、自作の苦情チラシをポストに入れ続けた。男の願いはフォレスト奥沢から犬を撲滅することだった。

「忌々しい、犬畜生めが」

ぶつぶつと呟きながらうろつく男の顔は、傷というより、犬への憎しみでひきつれているように見えた。

主婦の一群が、男の姿をみとめて声をひそめる。けれど、わたしのいる藤棚のベンチには噂話をする声がそよそよと流れてくる。「C棟のおじいちゃん、また徘徊《はいかい》してる」「徘徊じゃないわよ、あれはパトロール」「目をつけられたら終わりよ。A棟で柴犬《しばいぬ》を飼っていた人は散歩にでるたびに見張られて鬱になっちゃったって」男が遠くから主婦たちを睨みつけ、クリーム色のトイプードルを抱いた女性が腕にぎゅっと力を込める。敷地内でペットを地面に下ろすことは禁じられている。トイプードルが体をねじって女性の腕から逃れるようなことがあれば、男によってただちに報告されてしまうだろう。男はフォレスト奥沢の五棟ぜんぶの飼い犬を把握していると噂されていた。

「ペット不可の物件に住めばいいのに」と誰かがため息をつき、「ほら、でも、ここ途中からペット可になったから」と憐《あわ》れむような声がした。「犬嫌いには災難よねえ」

「でも小型犬だけじゃない、許可されているの」と、かすかに笑いがまじる。

「あの傷、犬に咬《か》まれたらしいわよ」

ひそひそ声が強まり、いっそう耳に届きやすくなる。ひそめれば、ひそめるほど、声は尖った針のようになることを、噂する側の人間は知らない。

フォレスト奥沢の敷地内には、基本的に住民以外はいない。管理棟に行けばコンシェルジュが二十四時間対応してくれて、セキュリティも万全だ。郵便物も宅配便もコンシエルジュが預かってくれる。緑あふれる敷地内には人工の小川が流れ、人工の池に面してテーブルや椅子の設置された円形のウッドデッキがある。「森の家」と呼ばれるゲストハウスの一階には、住民が寄贈した本が並ぶ図書室もあり、軽食がとれる小さなカフェもある。

「ここは安全だよ」と父も母も言う。お守りをそっと手渡してくるように。「うん、わかってる」と、わたしも自分に言い聞かせるように呟き、仕事とパートへいく彼らを見送り、三人分の朝食の片付けをする。洗濯機をまわし、掃除機をかけ、ボタンつけや冷蔵庫の整理といった母に頼まれた小さな用事を済ますと、わたしのすることはなくなる。なるべく日にあたるように、と医師に言われたことを守るために、フォレスト奥沢の中を散歩するくらいだ。夕方になると、パートを終えた母がふくらんだスーパーの袋とともに帰ってきて、一緒に夕飯を作る。父が帰宅する前に、わたしは夕飯と入浴を終わらせて自室にこもる。父とはモニターごしに話す。おびやかすもののない、静かで退屈な日常。

地下にゴミを捨てにいくときだけが少し怖い。無機質な灰色の駐車場の最奥にゴミ捨て場はあり、棺桶のように大きなゴミ容器が品目別に並んでいる。エレベーターの密室が怖いので、いつも階段でいくが、ゴミ捨て場で男性と二人きりになると息が浅くなる。住民のほとんどは顔を合わせれば朗らかに挨拶をしてくれるが、それでも駄目だ。人がゴミを投げ入れる音が頭の中で増幅され、まるで自分の体が放り投げられているような錯覚にとらわれる。体中の毛穴から汗が噴きだし、口の中がねばっこくなる。視界がちかちかして、気を失ってしまう前にと、灰色の階段をもつれる足で駆けあがる。

どうか、どうか、わたしの姿が誰にも見えませんように。誰も声をかけてきませんように。

そう祈りながら中庭へと急ぐ。「大丈夫?」は無慈悲な言葉だ。自分が大丈夫ではないことは自分がいちばんよくわかっているし、誰かが自分を助けてくれる期待なんてとうにない。ただ、見ないで、そっとしておいて欲しい。

藤棚の下がわたしの定位置だ。最も高いD棟の陰になっているせいで薄暗く、小川から分かれた水流がとどこおっていて湿っぽい。暑い時期は蚊もひどいので誰も近寄ってこない。夏でも素肌をださないわたしにはうってつけの場所だ。首筋と足首に虫除《むしよ》けクリームを丹念に塗り、黒ずんだベンチに腰かけて、波のように体を揺らす恐怖がひいていくのをじっと待つ。

ベビーカーの軽い車輪の音がして、遠くで赤子の泣く声がした。老夫婦が敷地を囲む遊歩道をゆっくりと進んでいく。円形のウッドデッキでお茶をする華やかな女性たちが高く笑った。昼過ぎのふんだんな日光と、ころがる雀《すずめ》の鳴き声。

わたしの小さな世界が戻ってきたころだった。

「おい、あんた」

不機嫌そうな声がした。

顔をあげると、ひきつれた傷痕が目に入った。眉間に皺を寄せた男が数メートル離れたところからわたしを睨んでいた。いや、わたしの足元を見ている。

「その、足の下にあるものを見せてくれ」

のろのろと目線を下にやる。男は苛々した口調で「踏んでんだよ、あんたの足が」と言った。足をどかすと、つるつるした平べったい袋があった。袋の口は乱暴に引き千切られている。

拾おうとすると、男が一歩こちらに近づいた。反射的に立ちあがって退く。男は「あぁ」と言うように口をあけ、わたしが離れてからやってきて袋をつまみあげた。

「やっぱり、犬用のジャーキーだ！　マナーも守れん糞飼い主が！　犬を飼う奴は馬鹿ばっかりだ！」

喚き散らす。わたしが捨てたものではないことはわかっているようで、ほっとしたのも束《つか》の間《ま》、訊いてもいないのに「みんな騙《だま》されてんだよ、犬に。能天気にあんな猛獣を信じてな、服着せたり、おやつやったり、愚の骨頂だよ。あいつらは獣だ。尻尾ふってたって、数秒後には牙を剝いてくるかもしれん。危険だよ、危険。許しちゃいけないんだ」とまくしたてたてくる。小さな眼球がいそがしく動いていた。口角に泡がたまり、傷痕がますますひきつれる。

ああ、やっぱり、と思う。

この人は怒っているのではない。

「邪魔したな」

ひきつれた顔の男が背を向ける。犬用ジャーキーの袋を摑む手にも傷痕があった。中指と薬指を分断するように隆起した肉の線が入り、甲が歪んでいた。薬指と小指はうまく曲がらないのか、ねじれた小枝みたいだった。

「あの」と声がもれていた。手も脚も震えているのに、声は自分のものじゃないようにちゃんと響いた。男がふり返った。

「その傷は犬にされたんですか」

耳がつまるような沈黙に、怒鳴られる、と思った。

けれど、男は目を剝いて口をひきのばし、見せつけるように首を突きだしてきた。

「こんな顔にされたいか」

黙っていると、「熊みたいな犬に喰いつかれたんだ」と忌々しそうに舌打ちをした。それから、がに股で管理棟のほうへ歩き去っていった。わたしは男の姿が見えなくなるのを待ってE棟の家へと戻った。

「森の家」の図書室で医学の本を探した。家庭の医学から薬の事典、漢方やスポーツ医学の本まであった。形成外科ハンドブックの目次に並ぶ、無数の傷の名前の中にあった動物咬傷《こうしょう》のページを眺める。

野良猫に咬まれ関節炎をおこし変形してしまった指、壊死《えし》してしまった手の甲、犬の牙が貫通した頬、ちぎれかけた耳、人間の歯が刺さった拳などの、なまなましい写真が載っていた。人間も動物に含まれるようで、唾液からの口腔《こうくう》内常在菌による傷口の汚染にも注意がうながされていた。

猫による咬傷では刺創となることが多いが、犬になると咬む力が強いため、しばしば挫滅を伴う裂傷となる、と書かれていた。挫滅とは打撲のことのようだった。図にあった、頭部を咬まれた小児の写真では、咬まれた瞬間に頭皮が動いてしまい、皮膚の傷と深部の鈍的損傷部位がずれていた。加害動物が大型犬の場合、骨折も合併することがあるそうだ。

加害動物という単語で体がかたまる。人も動物だとしたら、あの男は加害された動物なのか。そして、いまも彼にとっての加害動物である犬に脅かされている。

「骨は痛みがひびくらしいよ」と父が言った。モニターの中で夕飯を食べている。父が箸でおかずや白米をたんたんと口に運び、味噌汁をすする姿を、わたしは自室で眺める。特に話すこともないのに、父は毎日「今日はどうだった？」と訊いてくるので、傷の本を読んだことを報告した。咬傷の治療で気をつけるべきポイントもかいつまんで話した。

「骨に達する傷っていうのはすごい痛いんだろうね、皮膚や肉よりも。痛みの記憶はなかなか薄れないものかもしれない」

咀嚼《そしやく》しながら父が言う。では、内臓の痛みは、と思う。皮膚や肉のもっと奥、自分でも触れたことのない部位の損傷はどんな風に体に刻まれるのだろうか。痛みの記憶も深いのだろうか。こんな風に、自分でもどうしようもできないくらいに。

「めずらしいね」と父が箸を置いた。「調べものなんてどうし……」横から母が湯呑みを差しだし、父の質問をさえぎる。

一瞬、二人の目線が交わったのをモニターごしに見た。

「うん、好きに過ごしていたらいいよ。焦ることはない」

父はわざとらしくのんびりした口調で言い、「おいしい最中《もなか》をもらったんだ」と十字に紐《ひも》がかけられた紙包みを見せてきた。

「食べる」と、わたしもわざとらしい笑顔を作った。「ドアの前に置いておいて」がさがさとモニターの向こうから紙包みを開ける音が耳障りに響く。食欲はずっとない。両親を安心させるために食べている。父は湯呑みを片手に横を見ていた。テレビの野球中継が見たいのだろう。「じゃあ、おやすみ」と言うと、父はほっとしたような顔をした。

モニターを消す。隣室からのテレビの音がかすかに大きくなった。母のスリッパの足音が近づいてきて、ドアの前にお盆が置かれる小さな気配があった。

しばらく、どこにもつながっていない一人の部屋に身をひたす。

外で若者が騒いでいた。運動公園に向かう道でスケートボードに乗って、跳んだり、笑い転げたりしている。敷地内では自転車にも乗ってはいけない。彼らもわかってやっているのだろう。

二重になったカーテンを注意深く閉めて、深呼吸を何度かくり返した。

ちか、ちか、と頭の奥で火花が散る。

男が二人、怒鳴り合っていた。片方はひきつれた顔の男で、もう片方は家族連れの男性だった。ドッグカートをひいた女性が少し離れたところで途方に暮れた顔をして、その足元では男女のきょうだいが半泣きでしゃがみ込んでいる。ドッグカートの中のパグを子どもたちがだそうとして、ひきつれた顔の男に叱られたようだった。

「ちゃんと子どもを教育しろ！」と、ひきつれた顔の男は喚いた。「ここでは犬をださないのがルールだろ！」

「わかっているよ！」と家族連れの男性も声を張りあげる。「でも、やりすぎだろ！　杖で叩くなんて。まだ子どもなんだぞ」

「叩いていない！　地面を打って驚かせただけだ」

「暴力で脅すのはやめろ！」

「言葉が通じなければ体に教え込むしかないだろう！　そこの犬畜生と同じでな！」

「なんだと！　あんた、常軌を逸してるよ。そんなに犬が嫌なら違うところに住んだらいいだろう！」

「ふざけるな！　犬畜生のためにどうして人間が出ていかなきゃいけないんだ！　ここは人間の住居だ！」

男同士の諍《いさか》いは重い音の球がぶつかり合うようで眩暈《めまい》がした。ちか、ちか、ちか、火花が散り続ける。家に戻りたいのに、二人が住宅棟に向かう道のまんなかで怒鳴り合っているので近づけない。脚が震えてベンチからも立ちあがれない。あちこちの窓が開き、人も増えてきた。

子どもたちがついにしくしくと泣きだし、ドッグカートをひいた女性が「ちょっと、もう……」と二人をたしなめようとした。ひきつれた顔の男が飛び退《の》く。

「馬鹿野郎！　犬をこっちにやるな！」

太い怒号に女性の体がびくっと動き、カートの中のパグが一声吠えた。

「ほら見ろ」と男は勝ち誇ったように言った。

「そうやってすぐに牙を剝くのが犬だ。人に従順なんて嘘っぱちだ。いつかお前たちの子にも咬みつくぞ。そうしたら、こんな風になるんだ」

泣き濡れる子どもたちに自分の顔の傷を見せつける。

「やめてください」と女性が言った。「子どもに恐怖心を植えつけるのは」

「もういこう」と男性が女性の肩を抱く。

去っていく家族の背中に、ひきつれた顔の男は「お前らが出ていけ！」と叫んだ。

ざわめく人の気配の中、わたしは体を硬直させていた。男性特有の低い威圧的な声が耳から離れない。攻撃的な肩の動きや握られた拳が。腕に浮かんだ血管が。上下する喉仏やぶあつい体が。ぜんぶが息を苦しくさせる。

藤棚の下で、肩を抱いて身を縮めるわたしを、みんな見ないふりをしていた。声をかけようか躊躇《ちゅうちょ》している人もいたが、そばの人に止められる。

ひきつれた顔の男と同じく、わたしの見えない傷も知られているのだな、と頭の隅で思う。

「おい」と、呼ばれた。ひきつれた顔の男の声だった。「家の人を呼んでこようか」

わたしに近づきはしないが、見ないふりはしてくれない。顔をあげると、犬の牙が刻んだ傷痕が目に入った。わたしにも、こんな目印のような傷があればいいのに。ほんの少しだけ、酸素が胸に入りやすくなった。ひゅーひゅーと呼吸をくり返しながら、いいです、という気持ちを込めて首を横にふる。

男は大きなため息をついた。

「あんたさ、この世のすべての男が嫌だって顔してるよ」

声がでなかった。

「わかるよ、かわいそうにな。けど、この世の半分は男なんだ。どっかで折り合いつけないと生きていけないぞ」

耳がきーんと鳴り、それから急に周囲の音が鮮明になった。男のポケットの中から、指の関節を鳴らすごりごりとした音が低く響く。この人の骨はこんな鈍い音をたてて損傷したのだろうか。大きな犬の口の中で嚙み砕かれて。

わたしは、わたしの体が損傷される音は聞いていない。あのときのことは、どうしても思いだせない。げらげらと笑う酒臭い男たちに組み敷かれてから記憶がない。ただ、体に恐怖が植えつけられている。傷を負った瞬間を思いだそうとすると、男性に近づかれると、意識が飛ぶ。体も頭も、どうやっても、男を拒むのだ。父と差し向かいで食事をとることすらできない。

だから、フォレスト奥沢の人たちは誰もわたしには話しかけてこない。宅配業者でさえ。自意識過剰だと、こそこそ笑っている主婦たちがいるのも知っている。でも、彼女たちですら直接わたしには関わってこない。誰も、加害者にはなりたくないから。

このひきつれた顔の男は空気が読めないのだと思っていた。でも、違う。手首に爪をたて、渾身《こんしん》の力を込める。気を失わないように、違う痛みを自分の体に与える。

男のひきつれた顔を見る。盛りあがる黒ずんだ肉や歪んだ鼻を。

わたしはこの凄惨な傷痕をどんなに眺めても、男から怒鳴られたことはない。憐れまれていたからだと、やっと気づいた。


運動公園とフォレスト奥沢の境目で、犬の死体が見つかった。

黒と白のまだらの小型犬というだけで、犬種はわからなかった。犬はビニール袋に入れられてふりまわされたようで、ぐちゃぐちゃになっていたそうだ。肉と毛の塊だったと、発見した警備の人は青い顔で言ったらしい。

首輪もなかったし、フォレスト奥沢の柵の向こう側だったことから、敷地内の飼い犬ではないと判断したようで、犬の死体は燃えるゴミとして捨てられた。誰かが届け出をしないで飼っていたんじゃないのか、としばらく噂が絶えなかった。

数週間後、今度はA棟の老婦人が飼っていたシーズーが死んでいるのが見つかった。シーズーはピンクのリボンを頭につけたまま、浅い人工池に横たわっていた。「顔がひしゃげている」と老婦人は泣いたが、もともとくしゃっとした顔の犬だったので傍目《はため》には判断が難しかった。ときどき、シーズーに脱走されては、ひきつれた顔の男に怒鳴り込まれていたので、夜に抜けだしたシーズーが足をすべらせて池に落ちたのだろうという結論になった。

池には誰も近づかなくなり、がらんとした円形のウッドデッキを、ひきつれた顔の男は得意げに闊歩《かっぽ》した。相変わらず藤棚の下にいるわたしにときどき手をふる。ふり返すことはないのに、男は気にしてるそぶりもなかった。

次は、長毛のダックスフントだった。夜の散歩に連れていこうとしたら、部屋から飛びだしてしまって見つからなくなり、次の日の朝、運動公園へと続く道の脇で舌をだして死んでいるのが見つかった。ひきつれた顔の男は鼻の穴をふくらませて「ルールを守らず、犬を自由にさせるからだ」と笑った。噂話に疑念が混じり、重い黒雲のようにひろがっていった。

ペットの足洗い場に画鋲《がびょう》がまかれていた。目を離した隙にドッグカートを倒された。小さな被害の声がちらほらあがり、シーズーの遺体を獣医に持っていった老婦人が撲殺だったと泣きわめいた。シーズーの体はあちこち骨折し、内臓に出血がみられたそうだ。

皆、犬を外にだすのをやめてしまい、フォレスト奥沢はストレスの溜まった犬の吠え声がこだました。顔のひきつれた男はうろうろと住宅棟を歩きまわり、吠え声が聞こえる部屋を一戸一戸調べて、管理棟に報告した。

ある日、フォレスト奥沢の正門前に警察の車が停まった。整然とした森の中で点滅する赤いランプが目に刺さるようだった。

ひきつれた顔の男は中央の広場にいた。広場を囲むように並ぶ住宅棟の窓が次々に開いて、男を見下ろす頭がのぞいた。その中には犬の頭もあった。男は不愉快そうに見上げると、杖をふりまわし、犬への呪いの言葉を吐いた。

警察官を連れたダックスフントの飼い主が男を指さし、ひきつれた顔の男は呆然と目を丸くした。素早く、二人の警察官が男の両側に立って、なにかを言った。

「違う！」

男は叫んだ。

「俺じゃない！」と顔を真っ赤にして喚く。傷痕が紫色に変色してミミズのように膨れあがる。男は杖を掲げ、ダックスフントの飼い主に殴りかかろうとした。

すかさず、警察官に取り押さえられる。杖を奪われ、両腕を引きずられるようにして連れていかれる。片方のつっかけが脱げて転がり、誰かが笑った。男がマンションを見上げ、見境なく罵りの言葉を浴びせる。

「俺じゃない！　俺がやったんじゃない！　なんで、犬ごときで警察がでてくるんだ！　放せ！　脱走した犬が死のうが自業自得じゃないか！」

フォレスト奥沢に男の怒鳴り声がわんわんと響く。喉も千切れんばかりに吠えていた男が、ふっとわたしに目をやった。

「あんた！」

首をのけぞらして声をあげた。

「あんたなら、わかるだろう！　俺が犬を殺すはずなんてないってわかるよな。違うって言ってくれ！　俺はやっていないって。なあ、警察さんよ、あの子に聞いてくれ。俺じゃないって証明してくれるからさ」

警察官が足を止めた。わたしを見て、なにかを尋ねる。口の動きは見えるのに、言葉が頭に入ってこない。どくんどくんと心臓が鳴っている。

そう、わたしは知っている。この男が犬を殺せるはずなんてないことを。どんなに頑丈な杖を持っていたって打つことすら不可能だろう。

だって、この男は犬が怖いのだから。怖くて怖くて堪《たま》らない。この世のすべての犬が怖くて、憎くて、恐ろしくて、いなくなって欲しくてどうしようもない。自分の住むこの小さな森に犬がいることが不安で仕方ない。

わたしも同じだからわかる。傷を刻まれた体が無理だと悲鳴をあげるのだ。頭の記憶はなくても体は覚えている。傷の記憶は体の奥深くで疼《うず》き続けて消えることがない。自分を傷つけた生き物に近づくことなんてできない。だから。

すっと深く息を吸う。

「夜、犬を蹴っているのを見ました。この人です」

ひきつれた顔の男がぽっかりと口をあける。口の中は真っ暗な穴に見えた。穴の中から、どうして、という呻《うめ》きがこぼれる。

わかるでしょう、あなたなら。わたしの思いを、見抜いたんだから。そう、この世のすべての男が嫌なの。身近な加害動物は一匹でも減らしたいの。

犬を殺したのは、スケートボードをしていた若者たちだ。外から連れてきた犬も、シーズーも、ダックスフントも。悲鳴をあげる犬を笑いながら代わる代わる蹴っていた。醜悪な光景だったけれど、まだ学生の彼らはいつかこの森をでていくだろう。

けれど、ひきつれた顔の男はよほどのことがない限りここに居続ける。

小さくなっていく男の背中を見つめ、木立ちの向こうにその姿が消えると、ベンチに腰を下ろした。風にのってひそひそ声が流れてくる。誰もわたしに興味はなく、皆ひきつれた顔の男の話で夢中だった。怖い、怖い、と言い交わす声には嘲笑と侮蔑がにじんでいた。そこには、わたしたちが知っているような、ほんとうの恐怖はなかった。

咲きはじめた藤の花から、からみつくような甘い香りが降ってくる。

もう話しかけてくる男はいない。

ようやく、世界に匂いが戻ってきた。わたしはわたしを取りかこむ小さな森を意識しながら目をとじ、静かで退屈な日常に安堵《あんど》した。

林檎のしるし

どこがどういいというわけでもない。

ただ、オクモトさんは推しに似ていた。歌ったり踊ったりする若くて華やかな推しではなく、ＢＬ漫画の中の、立体のからだを持たない推しだ。それも、バーを経営する初老バーテンダーという、いわゆる枯れ専の脇役で、本編では「マスター」としか呼ばれない人物。主人公のカップルたちの良き導き手ではあるが、登場回数はあまりに少ない。ゆえに、あたしは二次創作のジャンルにも手をだし、「マスター」と主要登場人物たちのさまざまな設定のカップリングを日々愉《たの》しんでいた。それればかりか、会社でオクモトさんが男性と接するのを見るたび、脳内でＢＬ変換をしては無聊《ぶりよう》を慰めていた。オクモトさんは白髪が多いだけで初老という歳ではないみたいなのだが、「マスター」から離れていくのが嫌で意図的に年齢を耳に入れないようにしていたくらいだ。

つまり、あたしはオクモトさんの外見に推しの背景や性格や独自の物語を重ねていただけで、オクモトさんのなにを知っていたわけでもなかった。むしろ、よこしまな思惑でもって眺めていたので罪悪感があるといってもいい。

それなのに、いま、あたしはオクモトさんがちょっと好きだ。

きっかけはレモンサワーだった。ゲリラ豪雨のあとの炎天で、凶暴なくらいに湿度の高い夏の日のことだった。古くて効きの悪いエアコンに社内の誰もがぐったりとしていた。複合機だけが暑苦しい勢いでプリントした紙をジャージャーと吐きだしていた。その横でオクモトさんがぼそりとつぶやいたのだ。

「レモンサワー、飲みたいなあ」

複合機の音にかき消されそうなその声をあたしはひろった。ただしくは、暑さでやつれた横顔はますます「マスター」めいていると眺めていたところだったので、口の動きで言葉を読んだ。

「いいですね、マスター」

心のなかで相槌をうったつもりが口にでていた。「え、マスター?」とオクモトさんが笑い、「マスター」はこんなふうに無防備に首をかしげたりしないと思いながらも「飲み、いきますか」の誘いに頷いていた。

オーセンティックなバーを営む「マスター」は、レモンサワーを作ることも嗜《たしな》むこともないし、蒸し暑いからといって襟元をだらしなく開けたりなんかしない。

それでも、レモンサワーはおいしかった。おいしくて、きれいだった。澄んだガラスコップの中で泡がぱちぱちと弾け、レモンの淡い黄色が光っていた。レモンサワーってこんなにきらきらしていたっけと驚いた。

「なんか、これ、きれいです」

グラスを掲げて目を丸くするあたしをオクモトさんは「それは、あなたが酔っているからですね」と笑った。

「酔うと、世界はきれいですね」

「そうでしょうそうでしょう」

小さいけれど、すっきりした居酒屋のカウンターで、しめ鯖《さば》や山芋わさび漬けや鰯《いわし》の山椒《さんしょう》煮なんかをオクモトさんとつついた。

「おいしいですね」とあたしは何度も言い、「そうですねえ」とオクモトさんはにこにこと顎を揺らした。どちらかといえば痩せているのに頰はぽっこり丸くて、酔ってぴかぴかと赤く染まるさまが林檎《りんご》みたいでかわいいなと思った。べらぼうに酒が強い設定の「マスター」は決して酔ったりしないのに。

オクモトさんと飲むお酒は、その日からずっときらきらしている。

オクモトさん、と書くように呼ぶ。酔っているのをいいことになんべんも呼ぶ。岩牡《いわが》蠣《き》をすすって白ワインを傾けながら、ビールで熱々の串カツを流し込みながら、初物の秋刀魚《さんま》を塩焼きにしてもらい日本酒ですねと軽く猪口《ちょこ》で乾杯しながら。片仮名で名をなぞるのは、「あなたの声は酔うと片仮名になりますね」と言われたからだ。

「酔っているからそう聞こえるんですよ。あたしのせいじゃないです、オクモトさんのせいです」と口を尖らしたが、内心ばくばくしていた。酔って、あまい声をださないように、名を呼ぶときはわざとつけつけと喋っていたから。

好きとはいっても、オクモトさんは推しに似た人だから、どうこうなりたいわけではない。推しは同性とどうにかなって欲しいのだ。酔ったはずみでも、異性であるあたしに色めいたことを仕掛けて欲しくはない。

それ以前にオクモトさんは既婚者だった。子供の話はでたことがないけれど、妻と住む家に帰っていく人だ。だから、推しと重ねて好き、というくらいのぬるい気持ちでいるのがいい。不倫なんていう、おそろしいひびきはまっぴらだ。

「若い子を誘ったら嫌がられるかと思ってましたけど、こんなに趣味が合うなんて。声をかけて良かったです」

オクモトさんはほのぼのとした口調で話す。

「若いっていっても三十になりましたよ」

「若い人は若くないって言うもんですよ。でも、食べるのも、飲むのも好きって人はあんがい、いないんですよね」

「わかります」と言いあい、まるで部活動のように定期的に夜の街をふらつく。飲むペースも似ていた。ひとさら、ひとさら、お酒も替えて、時間をかけて味わう。騒ぎたくて酔うわけではない。愚痴りたいわけでも泣きたいわけでもない。ただぼんやり酔って良い気分でたゆたう。歳は離れているのに、沈黙の気にならない人だった。こういういいなあ、と思う。好きという気持ちがふわふわ浮いている。からだも心もべつだん欲しいわけじゃなくて、好きと思える物体が酔った視界にいるだけでいいという気楽さ。

それでも、しょっちゅう女性と飲みにいって奥さんに疑われないのだろうかと少しは気にかかる。訊くと、「妻はぼくに関心がないですからねえ」とふにゃっとだらしない顔で笑った。

「そうなんですか」

「もう長い付きあいですからねえ。彼女はお酒も飲まないし」

「飲めないんですか」

「体質的には飲めますが、酔うのが嫌いだそうです」

「そんな人がいるんですねえ」

「ねえ」と、オクモトさんは煎《い》り銀杏《ぎんなん》の殻をぱきりと割る。「だから、酔っぱらいも嫌いですよ」

ははは、と自嘲気味に笑う。

「食べることにもそんなに興味がなくて、なに食べにいこうって訊いても、だいたい、なんでもいいって言いますよ。でも、ぼくも妻に夕飯なに食べたいって訊かれたら、なんでもいいって答えちゃうんですよね。こないだちょっと考えたんですけどね、『なんでもいい』と言えるのって安心なんですよね。それを、困るよと叱られる安心、なんだかんだ決めてもらえる安心。三つの安心を確認しているんだなって」

オクモトさんがめずらしく饒舌《じょうぜつ》だった。ちょっと意地悪な気持ちになって「奥さんが大事なんですね」と頬杖をついた。「そんなんじゃないですよ」と言わせたかった。

「大事っていうか」とオクモトさんは言葉を探すように眉間に力を込めた。

「彼女はぼくの傷口だから」

「キズグチ？」

片仮名で確認してしまう。

「うーん、変だな、弱点かな。家族ってそういうものじゃないですか」

訊かれても、結婚したことのないあたしにはわからない。尻の底が冷えるようならすら寒い気分になった。わざとふざけた口調で「いいんですかー、キズグチを放置して飲み歩いて」と覗《のぞ》き込むと、「ぼくにとっての傷口ですからね」と目をあわせず言われた。

ぱきり、とオクモトさんの手元で銀杏の殻が音をたてた。長い指だなと思った。

その晩、終電で軽く肩がふれた。平日で、車内は人もまばらだったのにそのまま離れない。

オクモトさんの頭から埃っぽいにおいがした。なんとなく、小学校の頃の飼育当番を思いだした。鶏の小屋からこんなにおいがした。深く吸い込んで、これが加齢臭かと目をとじる。数秒のあいだ、オクモトさんにもたれてから「ちょっと落ちてました」と立ちあがる。

「気をつけてくださいねー」と、まだ赤い頬でオクモトさんは言い、ひらひらと手をふった。

がらんとしたホームを歩きながらキズグチのことを考える。

セックスを経た家族をまだ持ったことがないあたしにとって、家族はキズグチではなかった。キズグチといえば恋だった。それも痛みをともなう激しい恋だ。昔、そんな恋をしたことがあった。まだ大学生の頃だった。相手も同じ大学生だった。

暇さえあれば会って、皮膚と皮膚を擦りつけあい、なんどもつながり、そのまま抱きあって眠って、起きたらまたつながって、朝も夜も溶けるような日々を過ごした。あまりにふれあっているから、ふれている感触が消えて、癒着してしまったのではと錯覚するほどだった。離れると、ひりひりとした。ひとりでいると痛かった。誰かが彼にふれることを想像すると殺意がわいた。キズがひらいているよ、ふさぎにきてよ。からだが喚いていた。けれど、そう思っていたのはあたしだけだった。

三十のあたしが二十代の頃のことを昔なんて形容すれば、オクモトさんは笑うかもしれないが、もう十年近くもそんな恋をしていないあたしにとっては充分に昔だ。

きっと、あたしとオクモトさんのキズグチはすごく違うのだろう。オクモトさんのキズグチはちゃんと漢字の確かさがあった。あたしはキズグチを抱え続けるような生き方はちょっと想像ができない。オクモトさんのことを、ちょっと好き、と思っても、オクモトさんのキズグチになる自分も、オクモトさんをキズグチにする自分も、なにか違うと感じる。

暗い部屋の、玄関の電気だけを点けて、鞄もコートも床に落としてベッドに転がる。酔った肌にふれるひんやりとした寝具の感触が心地好《よ》い。

キズグチといえば、昔、彼の性器を口にふくんだとき、つるつるした先っぽを舐《な》めて「キズアトみたい」と言ったことがあった。皮膚が薄くて、脆そうで、いつもは隠されている敏感な部分。そこにふれられることが嬉しかった。「怪我したあとの皮膚ってこんな感じだよね」見上げながら笑うと、困ったような嫌そうな顔をされた。

そんなことを思いだしながら下着の中に手を入れて、あたしはあたしのからだをちょっとだけ気持ちよくしてから眠った。

寒くなっていくにしたがって、オクモトさんとの物理的な距離が近くなってきたように思われた。

会社を出て、店に入り、一軒目はいつも通り、けれど、頬が赤くなってきた二軒目からときどき肩がふれる。手がぶつかる。あたしもトイレに立つときなんかにわざと背中に手をおく。オクモトさんは嫌がらない。カウンターの上で腕がくっついてもそのままにしている。

筋肉のない姿勢の悪い背中も、乾燥した肌も、たるんだ目の下も、痩せているのにぽこんとでたお腹《なか》も、まるできれいなものではないのに、酔ってにじんだ視界ではなんだかかわいく思える。楽しく飲んでいると気が大きくなって、オクモトさんよりはまだ水気も張りもある自分のからだを見せつけてやりたいと思ったりもする。どこかであたしはオクモトさんをあなどっていて、それが年齢差のせいだということもわかっているけど、なにも気づかない顔をしてへらへらと笑う。オクモトさんもたぶんそう。

でも、どんなに酔っていても終電の時間は守る。別にあたしは帰らなくてもいいのだけれど、いつもちゃんと電車に乗り、「じゃあ、ここで」と自分の駅で降りる。オクモトさんは「おやすみなさい」と笑顔で見送ってくれる。ドアが閉まり、電車が去っていくと、息を吐く。がっかりしているのか、ほっとしているのか、わからない。

寒い日だった。京風のかぶら蒸しを食べようと白い息を吐きながらいつもの居酒屋へいって、また遅くまでだらだらと飲んだ。駅で電車を待っているとき、耳たぶをつままれた。

え、と思って見ると、「真っ赤だったから」とオクモトさんは言った。めずらしく敬語ではなかった。「寒いのか、酔っているのか、わからなくて」

向きあって、あたしも耳をつまんだ。すこし背伸びをしなくてはいけなかった。

「つめたい」

「つめたいですよね」

敬語に戻ったオクモトさんの顔が目の前にあって、いつものように頰は林檎のようにぴかぴかしていた。

――世界にひとつの林檎

謎のフレーズが浮かぶ。どこで聞いた言葉だったろう。

なんだっけとおかしくなって、笑ってしまう。オクモトさんは困った顔をして「早く電車こないですかねえ」と言った。

電車の中ではずっと互いにもたれかかっていた。「つきだしの里芋のポテサラ、おいしかったですね」「出汁で煮ているんでしょうか」と、どうでもいいことを話しながら。

あたしの駅で立ちあがると、オクモトさんは黙ってあたしを見上げた。なにも言わずに降りて、ちらっとふり返ると窓からまだこちらを見ていた。どくっと心臓が鳴って、息がしにくくなった。その晩はよく眠れなかった。


次の日、オクモトさんは午後から出社してきた。病院にいっていたらしい。

「そんなひどい二日酔いでした？」と訊くと、「いや、火傷《やけど》しちゃって。湯たんぽで」と頭をかいた。

「湯たんぽで？」

「熱湯じゃなくても火傷ってするらしいですよ」と事務の女の子が言った。「でも、それって痛覚の鈍いおじいちゃんとかですよね」

近くにいたみんなが笑う。

「泥酔して脚をのせたまま寝ちゃったんだよね。まあ、もうおじいちゃんなのかもしれないけど」

いつも通りの対応なのに、へらへら笑うオクモトさんにかすかに腹がたった。

「病院にいくほどひどいんですか」と、つい早口で言ってしまう。

「低温熱傷って言ってたかな、火傷は深さによって一度から三度までに分類されるみたいなんだけど、低温熱傷のほとんどが深い三度なんだって。ゆっくりじっくり火が入って皮下組織まで壊死するらしいよ。なんか低温調理された肉みたいにきれいな桃色になってるよ」

オクモトさんは自分のからだのことじゃないみたいに朗らかに説明した。事務の女の子が「グロい」と顔をしかめる。

「でも、痛くないからねえ」

「痛くないのに病院にいったんですか」

「妻が前にやったことがあって、初動が肝心って連れていかれたよ」

どくっとまた心臓が鳴った。昨夜の別れ際のように。「そうなんですか」と自分の仕事に戻る。オクモトさんはまだしばらく喋っていた。いつもより声が大きくなっている気がした。怪我を負うとハイになるのかもしれない。なるべく聞かないようにして、その日は飲みに誘わなかった。

向こうから声をかけてくるだろうと思っていたのに、次の日も、その次の日もオクモトさんは終業と共に席をたち、さっさと帰っていく。いつもは三日にあげず誘ってくるのに、そのまま一週間が過ぎてしまった。

会社では雑談をするし、新しい洋食屋ができたとランチにもいったから避けられているわけではない。けれど、ぱったりと飲みの話題がでなくなった。

「たまには焼肉とかいきません？　怪我にはタンパク質じゃないですか」

資料室で声をかけると、「あー」とオクモトさんは天井を仰いだ。

「すっごくいきたいんだけど通院がありまして」

「え、どこか悪いんですか」

「ほら、火傷」と片脚をぶらぶらさせる。ズボンをはいているのでもちろん見えない。

「まだ通っているんですか」

「そう、毎日なんですよ。死んだ皮膚を洗って、化膿しないように処置してもらって、湿潤療法というんですかね、外気にふれないように保護して、細胞の再生を待つらしいです。夜はやっていない病院だから、会社が終わったらすぐいかなきゃ間に合わないんですよ。だから、しばらく飲みにいくのは難しいですねえ」

嘘を言っている感じではなかった。叱られた犬のようにうなだれて話す姿を見ていると、かわいそうになった。

「それは残念ですね」

「低温熱傷ってしつこいらしいです。いま、じゅくじゅくになっちゃってけっこうすごいんですよ。地味にダメージが大きくて、時間もかかるみたいですね」

どれくらいですか、と訊きそうになり、やめた。まるで一緒に飲みにいける日を心待ちにしているようではないか。別に飲みにいけなくても、会社で姿を見られるし、前はそれだけの関係だったはずだ。

「じゃあ、オクモトさんの代わりに香箱蟹《こうばこがに》は食べておきますね、北陸のお酒と」

「ああー、あれは店じゃなきゃ無理ですね。ぼくはしばらく家飲みします。最近はぼくが夕飯を作ってるんです。夕方のスーパーが楽しくて。弁当も作っちゃおうかな」

「へえ、いいですね。なんかいいレシピあったら教えてくださいよ」

記憶にも心にも刻まれないような会話をする。会社のしらじらした蛍光灯の下の、酔ってもいないオクモトさんはしゃっきりした輪郭を保っていて、ただの感じのいいおじさんだった。


一ヶ月は飲みにでるたびにオクモトさんのことを考えた。二ヶ月目になると諦めて、夕方にちらちらオクモトさんをうかがうことをやめた。三ヶ月が経った頃、あたしはすっかりオクモトさんのことを忘れた。

「マスター」が登場する漫画はライトなBLだったので、深夜枠でアニメになった。動く「マスター」の佇《たたず》まいも声も、オクモトさんにはまるで似ていなかった。

ときどき歳の近い、まだ男の子の気配を残した男性と飲みにいった。でも、あまりお酒や料理に集中できなかった。なんどか食事にいくと、なんとなくそんな雰囲気になって、しなくてもいいセックスもしたりした。「じゃあ、またね」と守る気もない約束をして別れ、ひとりきりになったからだのどこもキズグチのようにひりひりしないことに安心した。

「今夜どうですか？」とオクモトさんに誘われたのは、もう季節がすっかり変わってしまった頃だった。

「あ、いいですね」

反射的に答えた自分の声はやわらかい平仮名でひびいた。

「ようやく完治しましたよ」

貝のぬたを口に運びながら、オクモトさんがため息のようにつぶやいたとき、ほんとうになんのことかわからなかった。ぽかんとするあたしをよそに「ああ、シャバのお酒がおいしい」とオクモトさんは目を細めている。

「低温熱傷です」

やや遅れて、なぜか恥ずかしそうにオクモトさんは言った。

「長かったですね。お疲れさまです」と杯を掲げる。

「なんか月のクレーターみたいにえぐれてしまったのに、人間のからだってすごいですね。ちゃんと肉が盛りあがってきましたよ」

オクモトさんは訊いてもいないのに説明する。

「でも、痕にはなってしまいましたけどね。まあ、おっさんの脚なんて誰も見ないし」

ふにゃりと笑う。懐かしい顔だった。こんなふうに油断させるから、この人と飲むと酔ってしまうことを思いだす。

「湯たんぽって凶器ですね」

「酔っぱらいには、ですよ」

ふと、言葉がこぼれた。

「湯たんぽを用意したのって奥さんですか？」

「そうですよ」とオクモトさんは頷き、「焼き筍《たけのこ》、頼みません？」とあたしの返事も待たずにカウンターの中の大将を目で呼んだ。

「すみません、筍を焼いてもらっていいですか。あと、それに合う日本酒を」いきいきと注文している横顔を眺めて、「オクモトさん」と言った。

「はい？」

「キズアト、見せてください」

「え、あ、はい」

オクモトさんは素直にズボンの裾をまくりあげた。椅子から立ちあがり、中腰になって目をこらす。男性にしては体毛の薄い脚だった。それでもぽつぽつと毛の生えたふくらはぎに、はっきりとわかる楕円の無毛地帯があった。ペットボトルの蓋くらいの大きさで、そこだけ皮膚がつるつると白っぽかった。

なにかに似ている。考えていると、首をかしげたオクモトさんと目があった。もう頬が赤い。その顔を見て、林檎の文字入れだと思いだす。小学生の頃、課外授業で果樹園にいったことがあった。世界にひとつの林檎を作りましょうと先生が言い、教室のみんなでまだ色づいていない林檎にシールを貼った。親や祖父母へのメッセージを入れたりする子が多かったが、あたしはハートのシールを選んだ。それと、自分の名前を平仮名で。収穫された林檎には白いハートとあたしの名がくっきりと浮かんでいた。

それとよく似たキズアトがオクモトさんの脚にある。しるしをつけられてしまった、と思った。

治療に時間のかかる火傷を負わせれば、しばらくはまっすぐ家に帰ってくる。泥酔しての火傷ならば、飲み過ぎを反省もするだろう。そんな計算なんてしていないかもしれない。それでも、湯たんぽを用意する行為は無関心とはほど遠い。

「もういいですか」とオクモトさんがのんびりと言って、目の前のキズアトがさえない色のズボンで隠れていく。生まれたてみたいなつるつるした皮膚にふれてみたかったのだと、その瞬間に気づいた。

「家飲みは嫌がられなかったですか？」

椅子に座りなおしながら言う。

「それが、妻も少し飲むようになったんですよ。ぼくがつまみばっかり作るから」笑いながら「相変わらず、ぼくに関心はないですけどね」とつけ足す。

「そうですか」とお品書きに目を走らせる。

飲もう、と思った。そんなことを言って、取るに足らない関心を得ようとするオクモトさんがいまはちょっと嫌いで、あたしの心はようやくぐじゅぐじゅと爛《ただ》れだしている。

指の記憶

眠気にかすむ視界の中、ローテーブルの上に散らばるオレンジ色に目がいった。暗い時には気付かなかったくっきりとした色に意識が引っ張りあげられる。

ローテーブルとベッドの間の床には俺たちの服がぐちゃぐちゃと絡まりながら落ちていた。脱いだ後の服って新品でもブランド品でもくたびれて見えるのはなぜだろうと思いながら、発光するようなオレンジ色に手を伸ばす。

「蜜柑《みかん》、ひとつもらっていい?」

尋ねると、下の名前しか知らない女の子が背中で寝ぼけた声をあげた。いいのか駄目なのか、それとも通じていないのか、判然としなかったが、ひとつ摑む。ひんやりした、水の玉そのもののような重み。

裸のままベッドにあぐらをかいて、右手の親指を蜜柑の裏のくぼみに押し込む。オレンジ色の霧がかかったように蜜柑の匂いが広がる。柑橘には違いないが、爽やかさというよりは土間っぽいひなびた湿り気を感じさせる匂い。いびつな花を作るように皮を裂いていく。指先に伝わるぶちぶちとした感触。

「んー蜜柑かー」

背後で女の子が身を起こす気配がした。

「大丈夫、剝ける」

言ってから、別に心配されていないことに気付く。剝いた蜜柑に顔を寄せて、もけもけした白い筋を念入りに取ってから、腫れぼったい目をした女の子に右手をひらいて見せた。

「この指さ、ぜんぶちぎれたことあんの」

え、というかたちの女の子の口がそのまま欠伸《あくび》になる。

「ぜんぶ？」

「うん、大学の時のバイトで。もう十年以上前だな。バンドソーってわかる？　でっかい電動の糸鋸《いとのこ》みたいなやつで切断されちゃってさ。まあ、親指は先っぽだけだったけど」

蜜柑をサイドテーブルに置いて、左の人差し指で、右手の指に線を描く。傷口はもう目を凝らさないとわからない。

「えーすご、くっつくもんなの？」

「くっついてるじゃん。ばっつり切れたのが良かったみたいだよ。潰れたり、引き抜かれたりしたらすんなりはいかないらしいし」

「引き抜かれる？」

「プレス機とかに挟まると皮膚が手袋みたいにずるっと指から剝がれるんだって。人間って反射的に手を引いちゃうから」

女の子が露骨に嫌そうな顔をする。

「でも、切れちゃったものがほんとにちゃんと戻るの？」

抱き寄せながら「俺の指の動き、ぎこちなかった？」とふざけた口調で言う。わざと手を震わせながら乳首をつまむと、女の子は甲高く笑った。演技めいた甘い声。こちらも昂奮したふりをして押し倒しかけ、はたと蜜柑を思いだした。

剝いた蜜柑を半分に割り、片方を差しだすと、女の子は「あー」と興がさめた声をあげた。

「これ、箱でもらったんだけど、あたし蜜柑あんま好きじゃなくて」

「そうなんだ、ビタミンC摂《と》れるのに」

「まあね。でも、なんか甘すぎるっていうか、しゃきっとしない味だよね。あとさ……」

ちょっと言いよどむ。

「ぷにぷにした感じがちょっと子供の指みたいじゃない？　指の腹んとこ」

黙っていると女の子が取り繕うように笑った。

「好きなら持ってってーたくさんあるし」

「うーん、いいかな」

馬鹿に見えると自覚している笑顔を作る。

「俺も苦手なんだよね」

へらへらと笑いながら蜜柑を口に押し込み、ぼんやりした甘さを飲み下す。

「じゃあ、なんで剝くのー」と笑う女の子のやわらかい乳房に指を沈ませた。


シャワーを済ますと、女の子はピンクのかけ布団にすっぽりくるまっていた。夕方から出勤だからまだ寝ると言う。手早く衣類を身につけて、部屋を出る前に振り返ると「また、お店きてねー」と布団から手だけをだしてひらひらとさせた。化粧品やサプリメントの袋がのったサイドテーブルの上には、蜜柑の皮が深海のヒトデのようにべったりと広がっていた。

エレベーターが古そうだったのでマンションの外階段を使って下りる。作動音の大きい機械はまだちょっと苦手だ。

一段ごとにコンクリートが冷たく鳴る。裏路地に面した外階段は薄暗く、微《かす》かにかび臭かった。視界は無機質なのに、目の裏に蜜柑の色がちらつき千田《せんだ》さんを思いだした。

千田さんはちぎれた俺の指を拾ってくれた人だった。

短期バイトで行った金属加工工場にいて、大学生だった俺からはおっさん以外の何者にも見えなかった。全体的にずんぐりして頭頂部も薄く、作業服はいつも機械油で黒ずんでいた。工場の社員だったが役職はなく、工場長からはよく怒られていた。バイトの俺たちには「しっかりやれよ」と先輩面をするくせに、頻繁にトイレに行っては煙草を吸ってさぼっている。見つかっても「ニコチンがきれると逆に危ないからさあ」と悪びれずににやにやする。

千田さんは休憩時間によく蜜柑を配った。「嫁さんの実家から送られてくるんだよ」と言いながらぽんぽんと、膝や、腰かけている廃材の上に置いていく。休憩室とは名ばかりの、エアコンもない空き倉庫だった。カップラーメンやコンビニ弁当の温《ぬく》もりにすがりつくようにしている俺たちにとって、冷えきった蜜柑はひどくありがた迷惑だった。なのに、千田さんは「ビタミンC、摂らないとな。ほらほら」と金属の粉のついたずんぐりした指で蜜柑を剝いてくる。平べったい爪の縁はいつも黒く汚れていた。その指で剝かれた蜜柑を食べるのが嫌で、配られるやいなや自分で剝いて食べると、次の日の休憩時間も「ほら、ビタミンC」と渡してくる。バイトの俺たちは陰で「ビタミン」と呼んでいた。もらった蜜柑をこっそり捨てながら「ビタミンのオカン気取りしんどいわー」と笑った。

バイトの俺たちの仕事はカットされた金属部品を、洗浄機のある隣の工場に運ぶだけの単純な作業だった。工場の中は大型機械の作動音と火花と耳に刺さるような金属音で満ち、普通の会話も怒鳴らなくてはできなかった。自動車の部品らしき金属の塊を台車に載せて運ぶ。少しでも台車を置く場所を間違えたり、声をかけずに背後を通ったりすると、殺されそうな勢いで怒られた。確認しようにも大声をださなくては耳に届かない。声が嗄《か》れる。黙ってやるとまた怒られる。誰かが怒鳴られていると、千田さんはにやにやした。千田さん以外の社員は寡黙で、気が短く、怖かったが、人が怒られているのを見てほくそ笑む千田さんに一番苛立ちがつのった。

千田さんは休憩時間になると、まっさきに怒られていた人のもとへ行った。「気にすんなよ」とにやにやしながら蜜柑を手渡す。親切のつもりなのか。

誰かが千田さんがスーパーで蜜柑を買っているのを見たと言った。嫁さんにはとっくの昔に逃げられたという噂を聞いて、ますます千田さんの蜜柑が気持ち悪くなった。けれど、「腹いっぱいなんで」と断っても「駄目だって、ビタミンC摂らなきゃ」と蜜柑を置いていく。千田さんの肉厚な掌は蜜柑の食べ過ぎか黄土色だった。

その日、俺は二回続けて運ぶ金属部品を間違えた。早くしろ、と怒鳴られて、慌てて部品を台車から下ろし、持っていくよう指示された金属の板へと駆けた時だった。自分で置いた部品につまずいた。走るな、という声が聞こえたような気がした。高速で動く鉛色の刃に手が吸い込まれていくのを眺めながら、妙に落ち着いた頭で、もう遅い、と思ったのを覚えている。

指が飛んだ。目で捉えたわけではないけれど、なくなったのだとわかった。あんなにうるさかった工場の音が消えた。みんなが呆然と俺を見ていた。

そんな中、丸っこい人影が突進してきた。

「手ぇ、あげろー!」

声が耳に届き、機械の轟音《ごうおん》が戻ってくる。俺は言われるがまま両手をあげていた。目の前で、でかい尻が揺れている。見慣れた紺色の作業服だ。工場の床に這いつくばってなにかをしている。

ややあって、指だ、とわかった。俺の指を探しているのだ。そう思った瞬間に灼《や》けつくような痛みが右手に走った。「機械、止めろ!」「救急車!」「手首を押さえて止血するんだ!」思いだしたように誰かが次々に叫び、工場はめずらしく人の声で賑《にぎ》わった。

その後の記憶はぼんやりしている。千田さんは吹っ飛んだ俺の指をすべて見つけ、蜜柑が入っていたビニール袋に入れて救急隊員に渡したそうだ。

あの場にいた誰よりも千田さんは早く動いた。元通りになるのか、手遅れなのか、そんな判断をすることもなく、単純にちぎれたものを探した。他人の体の切片を素手で触るのにも躊躇《ためら》いはなかった。それどころか、バイトの過失だから見舞金くらいしかだせないと言った工場主に「バイトだって労災おりるでしょうが。監督不行き届きってやつじゃないの」と食ってかかってくれたらしい。

彼のおかげで、俺の指は元通りになった。ちぎれた指は、顕微鏡を使って静脈と動脈を縫い合わせ、骨も腱《けん》も神経も細かく繋ぎなおされた。大学は一年留年したが、俺の右手に欠損の痕跡はない。寒い日などに小指がちょっと曲げづらくなるだけで、日常生活で困ることもない。間を持たせる時のネタにできるくらいだ。指たちはちぎれたことなど忘れたように動く。俺も動かすという意識もなく指を使う。

けれど、時々思う。これは、一度は俺の体から離れたものなのだと。

病院に運ばれ、接合されるまでの間、指と俺は別々だった。正しくは、指先の感覚が戻ってくるまで、繋がってはいても指はなかった。担当医は丁寧に説明してくれた。うまく指がくっつかない可能性もあること、その場合は足の指を移植する方法もあること、くっついたとしても機能面で障害が残るかもしれないこと。

「露出している部位という点では手は顔と同じです。そして、手指は体表面積が小さいにもかかわらず大脳運動野の三分の一、大脳感覚野の四分の一を占めている非常に繊細な部位です。なので、少しの損傷でも大きな不都合を生じます」

そんな説明を他人事のように聞いた。もう俺の中で右手の指はないものになっていた。

「無事に生着しました」と言われた時もまだ実感はなく、半信半疑だった。使えなくては、ないのと同じだったから。

包帯を外すと見慣れた指が確かにあった。しかし、リハビリをはじめても違和感しかなかった。指を自在に動かしていた感覚を取り戻せない。俺は指の使い方を忘れていた。いや、指が俺を忘れていたのかもしれない。指に人格も思考もないとわかっていても、一度離れてしまった指は俺の関与しないところで生きていた違う存在のような感じがした。

白い息を吐きながらコインパーキングまで歩き、車のシートにおさまるとぶるっと体が震えた。「さむ」と声がもれる。指先がかじかんで感覚がない。ハンドルに手を置き、白っぽくかさついた指先を見つめる。

確かにあるけれど、これは本当に俺の指なのだろうか。

バンドソーが俺の指を切断し、音が消えていたわずかな空白の時間、自分がなにを感じていたのかまったく思いだせない。痛覚もなにもなかった。指と一緒に自分が自分からちぎれていたかのようだ。

あの日から、ある、と、ない、の境目がぼんやりしている。ずっと。

携帯を見ると、着信が二件入っていた。一件は深夜二時に、もう一件はつい先ほど。どちらも千田さんからだった。ここのところ連絡していなかったのに、急に深夜に電話をかけてくるなんて、相変わらずマイペースな人だなと思う。

少し悩んで、助手席のシートに携帯を放った。エンジンを入れると、ほんの少し体がびくっとした。

千田さんは何度も見舞いにきた。

病院では点滴の管の中に気泡が入っていると騒いで看護師に面倒がられた。毎日のように顔をだしては、菓子を食べ散らかしベッド脇の椅子でいびきをかいて寝る。最初は感謝していた両親も親族のように居座る千田さんに戸惑いを隠せなくなっていた。

退院してからは、片手では不自由だろうから着替えや風呂を手伝ってやるよ、と遅い時間に仕事が終わってもたびたびやってきた。何度断ってもめげない。「なにかあったら連絡するんだぞ！」と胸を張り、やり切ったような顔をして帰っていく。リハビリに通った病院は決して教えないようにした。

指が元通りに動くようになってからも、しょっちゅう電話があり飲みに誘われた。チェーン店の安い居酒屋の酎ハイで顔を赤くした千田さんはしつこく「困ったことはないかあ」と訊いてきた。就職してからは「ちゃんとやってんのかあ」と働くことの大変さを語られる。隣の席の人に「こいつ、指が吹っ飛んだことあるんですよ」と話しかけ、「ね、すごいでしょう。ぜんぜんわかんないですよね。オレが指をかき集めたんですよ」と見世物にされる。酔うと鬱陶しさは倍増した。

あの時の千田さんの行動力は確かに凄かった。正直、見直した。まぎれもなく俺の指の恩人で、ヒーローだった。けれど、その一瞬の輝きにしがみつく千田さんが段々と重荷になってきた。

会っても、共通の話題はなかった。指がちゃんと動くか確認された後は特に話すことがなくなる。就職したIT系の会社の話をしても「ちょっと難しいのはわかんないなあ」と煙草をふかしている。そのくせ「なにかあったらオレを頼れ」と兄貴面する。千田さんは変わらず工場勤務で、ますます薄くなった頭髪にはいつも金属の粉が散ってちかちか鈍く光っていた。「ぜんぜん駄目だよ、あいつらは」と俺の前では大きな口を叩くが、きっと工場ではにやにや笑っているだけだろう。その姿が目に浮かんだ。

汚れた作業服の上に年季の入ったジャンパーを羽織って、靴には黒い油汚れがべったりとついていた。工場と工場の間のぬかるんだ地面が機械油で虹色に光っていたことを思いだすと、微かに右指が疼く心地がした。

「千田さん、気をつけてくださいね」と言うと、千田さんは「ああん？」と口を半びらきにした。その口から煙がゆるゆるともれる。

「煙草。喫煙歴のある人は指がくっつきにくいらしいです。怪我しないように」

千田さんはつぶらな目を精一杯に見ひらいて「ばっか、オレはそんなへましねえよ」とすごむが、まったく怖くない。ははは、と笑った晩が最後だった気がする。

帰り道にふらふら歩く千田さんの後ろ姿がなんとなく気になり、そっとついていった。千田さんは深夜までやっているスーパーに入り、すぐに重そうなビニール袋を下げて出てきた。袋の底にはオレンジ色の塊があった。まだ蜜柑を買っているんだと思うと、喉が詰まったようになり、見てしまったことに罪悪感がわいた。

もう三、四年前のことだ。誘いを断り続けていたらだんだん電話の間隔が空いていき、年末に「元気にやってるか？　来年もよろしく」と留守電が入るだけになった。

そういえば、さっきの着信、留守電が入っていなかったなと気になり、休憩時間にかけてみた。オフィスの共用スペースで紙コップのコーヒーをすすりながらコール音を聞いた。十回数えて切ろうとした時、ざらついた年配の女性の声が「はいはい」とでた。

「あの、千田さんのお電話ですよね」

慌てて言ったが相手は沈黙している。妻だろうか。二人で会うようになってからは「嫁さん」の話は聞いていなかった。

「あんた、どういう関係？」

つっけんどんに訊き返された。むっとしていると「ご親戚？　こっちは何回もかけてんだけどねえ」と早口でまくしたててくる。

「いえ、俺は……元職場の……」

「あ、そう」と、あからさまな落胆を感じさせる溜息が聞こえた。

「この人、死んじゃってね。困ってんのよ」

え、という間抜けな声しかだせなかった。思わず「事故ですか」と訊いていた。

「アパートの階段から落ちたから事故かと思ったんだけどね、心筋梗塞だったみたいだよ。まったく参るよ、仕事も辞めて毎日ふらふらしてると思ったらさあ」

女性は見知らぬ俺にぶつぶつと文句を言った。紙コップの中の黒い液体を見つめながらそれをぼんやりと聞いた。


千田さんの携帯には俺の連絡先しかなかったらしい。遠縁の親戚をなんとか見つけて連絡したが遺体の引き取りは拒否されたと、電話にでた年配の女性は苛々した口調で言った。まったく参るよ、をはしばしに挟む。どうやらアパートの一階に住む大家らしい。

「離婚した妻がいたって聞いたことがあったんですが」と言うと、「あたしは聞いたこともないね!」となぜか怒られた。向かう途中のコンビニで買った香典袋に手持ちの現金を入れて渡し、「手だけ合わさせてください」と言うと、大家は錆の浮いた階段を指した。

千田さんの部屋は二階にあった。廊下に洗濯機がだしてあり、横に雨ざらしの段ボールが積みあがって溶けたようになっている。焼酎の空き瓶も転がっていた。

ドアを開けるとすぐ台所で、奥に畳の部屋が見えた。布団に横たわるふくらみに目がとまる。

それは人と言ってしまうにはあまりに動の気配がなかった。顔にかけられた白い布がかろうじて人であることを示していたが、ふくらみ以上の言葉が当てはまらない。

靴を脱いで中に入り、すっかり黄ばんだ畳に膝をつく。大家が早々に片付けたのか、驚くほどなにもない部屋だった。なにもないのに狭い。正座して対峙《たいじ》すると、千田さんの体と俺とで部屋が埋まる。自然に息が浅くなる。

吐いた息が白くて、暖房器具を探し、腐ってしまうからかと妙に理性的な頭で気付く。そのくせ、顔を確認する勇気がない。ごろんと寝そべる千田さんの体はもうただの動かない肉の塊で、最後に会った時よりも太ったような気がしたが、ここに千田さんはいないのだと感じた。意思のない人体は得体の知れない気味悪さがある。千田さんはよく吹っ飛んだ俺の指を拾いあげられたな、と改めて思った。

することを探すように手を合わせる。右の指と左の指はぴったり同じ高さで合わさった。千田さんにかけるべき言葉を探して、やっぱり「ありがとうございました」が適当だなと、心の中で念じる。

立ちあがろうとして、ふと千田さんの片手が畳に落ちているのに気付いた。胸の上で組んでいた手がほどけたのだろう。平べったい爪はやっぱり汚れていて、千田さんの手だなと思う。なんだか哀れになり、手を伸ばした。

ずんぐりした指の腹に手が触れた。

その時、蜜柑の匂いがした。オレンジ色の稲妻が落ちるように、鮮明に、甘いひなびた匂いがよみがえった。

勢いよく立ちあがっていた。見まわすが蜜柑はない。殺風景な狭い部屋に果物のみずみずしい色はどこにもなかった。

匂いは俺の頭の中にあった。匂いだけじゃなく、感触が響いていた。指先が震えるほどに。

俺はこの手を知っている。

はっきりと思った。

千田さんの手なんか触ったことはない。肩を叩こうとする手を避け、蜜柑を渡してくる時も置かれるまで受け取らなかった。俺はいつも距離を取って千田さんに接してきた。けれど、この手は確かに知っている。汗ばんだ丸っこい指にそっとつまみあげられる感触も、ふっくらした掌も。荒い息がかかる。剝いたばかりの蜜柑の匂いがしている。ばらばらとぶつかり合う自分の指。

右手を自分の顔に近づける。繋ぎめは、ごくごく目を凝らさなくては見つけられない。一度は離れた俺の指。これは、その時の記憶なのか。

嘘だ。どうして。

背中が押入れにぶつかった。そのまま横歩きで壁に沿って玄関に向かう。靴を履くと、振り返らずに部屋を出た。早足で階段を下り、走る。大家がなにか叫んでいる声がしたが足を止めなかった。

見慣れぬ住宅街を走り抜ける。空は青く澄んで、風は冷たかった。うわあああ、と声をあげる。わけもわからぬままに叫ぶと、涙が流れた。

どんどん走った。心臓が跳ね、指先がどくっどくっと脈打ち、指がやっと戻ってきた気がした。けれど、それを話したい人はもういなかった。

グリフィスの傷

あなたの唇の横の黒子《ほくろ》をおぼえていました。

ペン先で突いたほどの点が、ひとつ、ふたつ、みっつ。

そのバランスがとてもきれいなことをわたしは初めて知りました。線でつないだらほとんど完璧な正三角形でした。

わたしが知っていたあなたの黒子はいびつな三角形を描いていました。小さな画面のなかのあなたはいつも過剰に笑っているか、攻撃的に歯を剝きだすかしていて、顔をゆがめるたび、黒子たちは離れたり近づいたりしていました。

あの頃のあなたは首や手の甲に筋が浮くくらいに痩せていて、漆黒の髪をふたつに結び、耳は無数の銀色のピアスで縁どられていました。唇は血のように紅《あか》く、服はレースのついた黒いミニワンピース。よく似た女の子たちと歌ったり踊ったりしていましたが、グループの名前よりもあなたの奇行のほうが有名でした。

とはいえ、わたしはあなたのことを実際に見たことはありませんでした。ただSNS

にあがるあなたの画像を、とりわけ、顔と腕を、画面いっぱいに拡大して見つめていただけでした。あなたの姿を見ることに、あなたの言葉を読むことに、一円も払わず、あなたを知った気になっていたのです。

あなたのSNSが削除されて、あなたが所属していたグループも解散して、あなたの情報は更新されなくなりました。でも、あなたの名前で検索すれば、あの頃のあなたの画像はスクロールする指が疲れ果てるほどあらわれます。その膨大なひとつひとつを見ていたつもりでした。

けれど、いま目の前にいるあなたは、どの画像とも違います。

化粧っ気のない肌の表面で透明な産毛が光っています。眉はほけほけとして境目があいまいで、髪はかすかに赤みがかった茶色です。あの、光を吸い込むような重い黒髪は染めていたのでしょう、あなたの睫《まつげ》毛も瞳も色素が薄く、そのせいか輪郭がぼんやりとしてあどけない印象を与えました。あるいは、表情のせいかもしれません。唇をうっすらひらいて池を眺めるあなたの横顔は、ネットに書かれていた年齢より幼く見えました。

唇の横にはみっつの黒子がありました。黒子たちはいままで見たなかで一番やわらかく見えました。きれいな正三角形を描きながら、自分たちの場所に満足しているようでした。

樹々に覆われた古い公園は静かです。深緑色をした池でときどき魚が跳ね、水車がごとん、がこん、と鈍い音をたてる以外はほとんど物音がしません。すぐ近くに電子広告が降りそそぐ騒々しいスクランブル交差点があることが信じられないくらいに。

あなたは羽を休める渡り鳥のように公園のベンチでじっとしています。その目に池しかうつっていないことを確認して、そっとあなたの袖口をうかがいました。

手首の内側にたくさんの線が見えました。

まぎれもなく、あなたでした。


あなたを公園で見かけるのは週に二日か三日です。わたしが公園に行くのは平日の昼だけなので、ほんとうはもっと来ているのかもしれません。弁当をひろげて昼休憩をとるわたしの横に座ります。わたしが女性だからでしょうか、あなたはまるで警戒することなく足を投げだし、池を眺めます。しばらくすると、リュックから菓子の袋をだして、カラフルなグミをひとつずつ口に入れていきます。人工的な甘い匂いがただようなか、あなたはゆっくりと口を動かします。

それから、ようやくわたしがいることを思いだしたようにこちらを見ます。わたしの膝の上の弁当に目を落とし、「たまご、鮭フレーク、ほうれんそう」と新聞広告でも読みあげるように言います。「はい」と、わたしはうつむいたまま正解であることを告げます。タッパーに米をしきつめて、あるものをのせただけのわたしの弁当はいつも三色弁当でした。あなたはそれ以上なにも言わず、また池に目を戻します。

寒がりのあなたは大きすぎるダウンに首を埋めながら、池の亀が冬眠から目覚めるのを待っています。ときどき洟《はな》をかみます。一度、ポケットティッシュを使い切ってしまったあなたに、わたしのものを差しだしたことがありました。目の縁を赤くしたあなたは驚いたようにわたしを見つめました。わたしが目を逸《そ》らすと、あなたは「花粉症なの」と湿った声で言い、わたしの手からティッシュを素早く取りました。

それから、言葉を交わすようになりました。とはいえ、わたしから話しかけることはありません。あなたは一言も発しない日もあれば、ひとりごとのように話し続ける日もあります。

黙っているときのあなたは池を眺めているか、手に小さな巾着袋を持っています。ピアスやブローチといったアクセサリーを入れるような小さな小さなフェルト生地の袋です。それを片方の親指の腹で撫《な》でています。指以外はぴくりとも動かないあなたは人形のようでした。布やプラスチックではなく、もっと硬質な素材でできた、触れることをためらうような精巧な人形です。色の白い、いえ白すぎると言っていい、あなたのこめかみに透ける青い血管は、まるで硝子《ガラス》細工に入るひびのようでした。そういう日はわたしの弁当にも興味を示しません。わたしが軽く会釈をしてベンチから立ちあがっても、こちらを見もしません。

怒ったフグのようにぱんぱんにふくらんだポーチをリュックからだす日はよく喋ります。膝の上に立てた小さな鏡を覗き込み、ポーチから化粧道具を取りだして、器用に顔を彩っていきます。あなたの眉や、目や、鼻すじや、唇がくっきりして、それまであなたをおおっていた水の膜のようなぼんやりした気配は消えてしまいます。

最後に、ダウンを脱いで袖をひっぱりあげます。手首から肘の内側まで、びっしり線に埋めつくされています。白い、肉割れのようなつるつるとした横線です。あなたはそこに薄い幅広の半透明なテープのようなものを貼り、上からクリームタイプのファンデーションを塗ります。パウダーをはたいて丁寧に仕上げながら、どんどん早口になっていきます。

「リスカ跡のある女は萎えるんだって。知るかよ、そんな性欲。でも、そんな性欲のおかげであたしはお金をもらえてんだよね。これさ、消したくて美容皮膚科いったんだけど、皮膚移植するしかないみたいでさ。深いし、広範囲だから、お金かかるんだよね。目とか鼻とかも変えたいのに。違う傷痕に見せることもできるっていうから詳しく聞いたら、こうやってまんなかに新しい傷を作って大きな縫い目みたいに見せるとか、ここの皮膚を剝いで横にして貼りなおして縦線の傷にするとか、意味あんのっていうのばっかりで。リスカ跡ってよっぽど心証悪いんだね。まあ、消したいって言ってるあたしが言うなって感じだけど」

「わたしも一本あります」

そう言うと、あなたは「そうなの？」と一瞬、わたしを見ました。化粧をしたあなたはこの騒がしい街を行き交う無数の若い女の子と同じような顔をしていました。手首の傷を消しても、顔を変えても、唇の横の黒子だけは取らないで欲しいと思いました。わたしにそんなことを口にする権利はないので黙っていましたが。

「一本だけならレーザーで薄くできるみたいだよ」

無数の傷を刻むあなたは、わたしの臆病な一本の傷を笑いませんでした。

公園は閑静な住宅地のなかにありました。どの家も大きかったり古かったりしていて、立派な門があり、監視カメラがついています。しかし、裕福な人々の住む住宅地の、大通りを挟んだ向かいには、ぎらぎらした装飾のラブホテルや飲食店がひしめき合うように建っていました。どの壁も落書きで汚れ、道にはゴミが落ちています。化粧を済ましたあなたは「ここってほんと変な街」とつぶやいて、その一角へ消えていきます。

ショッキングピンクの壁にクッキーやホイップクリームがついた、お菓子のラブホテルがあるのだと、あなたは笑いました。ホールケーキのベッド、チョコレートのバスタブ、キャンディの枕、ドーナツのクッション、エクレアのソファ。そういうところだと馬鹿なお遊戯みたいで楽なのだとあなたは言います。そこであなたの黒子はどんな三角形を描くのか、深緑色の池のそばに残されたわたしにはうまく想像することができませんでした。

昔のあなたは手首の傷を隠しませんでした。

それどころか、傷を作るたび、その写真をＳＮＳにのせました。痛い、痛い、とコメントがつきました。痛いのは傷を負ったあなただけのはずなのに、あなたの存在が痛いと、たくさんの人が書いて嗤いました。あなたはそれに怒り、また傷を作ります。

すると、今度はあなたのアカウントが消されました。あなたは何度消されても新しいアカウントを作り、ライブではまだ血のにじむ傷口を見せつけて中指をたてました。

誰かが書きました。死ぬ気ねえじゃん、と。ほんとうに死にたい人に失礼だと。

あたしがいつ死にたいと言った。決めつけんな。

あなたはそう叫ぶようにコメントを返しました。あなたのコメント欄はいつも荒れていました。

炎上商法だと揶揄され、幾度めかの活動休止ののち、あなたの所属していたグループは解散しました。最後のライブの日、あなたは手首に巻いた包帯をほどいて客席に投げました。床に落ちて踏まれたのか、誰かが持ち帰ったのか、その包帯の行方はどんなに検索してもわかりませんでした。

「たまご、野沢菜、粗めのそぼろ」

ベンチの横からあなたが言いました。「たまご、茹《ゆ》で小松菜、昨夜の残りのチンジャオロースです」とわたしは訂正します。

「ピーマン入ってなくない？」

めずらしくあなたが訊いてきました。

「ピーマン抜きのチンジャオロースなんです」

「そんなのチンジャオロースじゃないよ」と、あなたが笑います。わたしはあなたの前ではうまく笑えません。片方の頰がひきつって、きっと不気味な顔になっていることでしょう。

今日は化粧をする日なのかと思っていたら、あなたは小さな巾着袋を取りだしました。てのひらに置いて、もう片方の親指の腹で撫でています。

わたしは目を逸らし、空を見上げました。よく晴れています。どこからか甘い香りがした気がして、首をめぐらすと蠟梅《ろうばい》のつぼみがほころびかけていました。

「亀、そろそろ起きるかな」

池を見つめながらあなたが言います。

「そうですね」とわたしは頷き、「でも、春になったら」とつけ足しました。「桜が咲いて人が増えます」

くつろいだ顔のあなたがひと目に触れることが心配でした。わたしのようにあなたの過去に気づく人がいるかもしれない。

「こなくなる？」

あなたがわたしを見た気配がしました。

「そうですね」と、わたしは弁当箱に目を落としたまま言いました。冷めたチンジャオロースもどきは脂がざらざらしてあまりおいしくありません。

あなたはしばらく黙っていましたが、巾着袋の紐をほどきました。「これ」とピンク色のてのひらを差しだしてきます。灰色がかった氷の欠片のようなものが、あなたのてのひらのくぼみにのっていました。

それは顔でした。まぶたをとじた、小さな小さな少女の横顔でした。どこか、あなたに似ているような気がしました。

ころり、と顔が転がります。顔は半分だけでした。割れた断面は尖った光を放っていて透明です。一ミリにも満たないような気泡がなかにいくつか見えました。

「ガラスのマリアさまだったの」

あなたは静かに言いました。

「お母さんの友達が作ったんだって。お母さんをモデルにして。小さい頃、そのガラスのマリアさまが欲しくて欲しくて、何回もお母さんに頼んだの。ちょうだいって。でも、絶対にくれなくて。いつもちょっと見せてくれるだけだった」

てのひらの上の顔を見つめます。

「だから、お母さんがいないときにこっそりだして遊んでた。しまってある場所は知っていたから。あたし、マリアさまを人形と勘違いしていたの。ひんやりしていて、ちょっと重くて、他の人形とはなんか違うなって思ったけど、大好きだった。溶けない氷を抱いているみたいで。でも、ある日、縁側でおままごとをしていたら、ころんと倒れた拍子にバラバラになっちゃったの。びっくりして、それから、すごく泣いた。泣いて泣いて声もかれて、息もできなくなって、床にうずくまっていたら、お母さんが帰ってきて」

がこん、と水車の音が響きました。あなたは息を吐くと、口をひらきました。

「怒られる、と思った。怖かったから憐れみを誘おうとしてあたしはまた泣いてみせた。今度はずるい涙だった。でも、お母さんはちょっとさみしそうな顔をして、ガラスは仕方ないからって言った。ガラスはほんとうはとてもとても頑丈だけど、目に見えない傷がたくさんついていって、なにか衝撃を受けたときに割れてしまうものだって。あなたが割ったように見えるけど、いままでの傷がつみ重なった結果だから気にしなくていいのって。そういう目に見えない傷のことをグリフィスの傷っていうんだって教えてくれた」

「グリフィスの傷……」とわたしはつぶやきました。あなたの耳にはとどいていないようでした。

「でも、あたしはこっそり触っていた。なんかいも、なんかいも、お母さんがいないすきに戸棚の奥から取りだして。傷をつけていたのはあたしだった。見えない傷だから、お母さんにはわからなかっただけで。なのに、言えなかった」

「お母さまのご友人にもう一度作ってもらわなかったんですか？」

あなたはゆっくりと首をふりました。

「大きくなってからお父さんに聞いたんだけど、その人、死んじゃったんだって。いまのあたしくらいの歳かな。自分で、首を吊って。お母さんに、あのガラスのマリアさまを残して」

陽が差して、あなたのてのひらの欠片が輝きました。あなたは指先でそっとつまみ、巾着袋に戻しました。自分の手首を見つめます。

「そのせいかな、嫌なことがあると、ちゃんと傷をつけなきゃって思うようになった。誰にも気づかれない、目に見えない傷が増えていく。傷つけられたら、傷がついたことを見せなきゃって。そうしなきゃ、自分が壊れると思っていたんだろうね。いまは、もう、大丈夫だけど」

「もしかして」

わたしは声をあげていました。

「手首、そのガラスで」

あなたはなにも答えませんでした。ただ、小さく笑って、「さむ」と首を縮めました。

わたしが弁当を食べ終わる頃、あなたはぼそりとつぶやきました。

「きっと、これはマリアさまの呪い」

「マリアさまは呪ったりしません。赦《ゆる》すだけです」

「クリスチャン？」

「はい」と、わたしは嘘をつきました。

「そっかあ」

あなたは膝を抱えて目をとじました。

「じゃあ、これはザンゲってやつだね」

「告解ですかね」とわたしが言うと、「ものしりー」と歌うように言いました。

自然光のなかの透明な横顔はやはりガラスの少女によく似ていました。


「たまご、ウインナー、人参」と、あなたが言います。

「たまご、たこさんウインナー、人参ナムル」と、わたしは補足します。

「ほんとだ、たこになってる」

「八本足にするのは無理でしたが」

あなたはちょっと食べたそうな素振りを見せます。けれど、わたしは気づかないふりをします。わたしが作ったものを、あなたはその体に取り込むべきではないから。

蠟梅の黄色い花が満開です。公園は甘い香りに満ちています。池はまだ濁った深緑色で、亀の姿も見えませんが、もうじき春がやってくるでしょう。花見客のあふれる公園には、きっとわたしたちの居場所はありません。

「ねえ、連絡先を教えてよ」

ためらうわたしの目の前に、あなたは自分のスマートフォンを差しだしてきます。そんな風に無防備に人に近づくべきではないのに。

「ほらほらこのバーコード読み取って、で、メッセージ送って」

「あとでいいですか？」

「だめ、いま」

文字を選ぶ指がかたまります。「スタンプでいいから」とあなたは笑います。

あなたにメッセージを送るのは初めてではありません。わたしは昔、黒髪のあなたのSNSに書き込みをしました。

――印象戦略下手すぎて笑えるレベル、早く股ひらいたほうがよくね？

「笑い」をあらわすネットスラングをつけて。それが、わたしがあなたにつけたコメントです。あなただけにではありません。中年男性のふりをして、鳴かず飛ばずのアイドルたちに心ない言葉をぶつけていました。

なぜそんなことをしたのか？

いまとなっては浮かぶ疑問が、当時は頭をかすりもしませんでした。恵まれた容姿を持っている若い女の子に傷をつけてやりたかった気がします。自分はああはなれないし、触れることもできない、遠い遠い女の子たち。その笑顔を一瞬でいいからゆがませることができたら少し気持ちがいいかもしれない。そんなことを考えていたのか、それともこれは後づけなのか、それすらもわからない。ただ、一度やってしまうと、もうあとは癖のようになってしまいました。反応など期待せず、ちょっとでも鼻についた投稿を見つけると反射的に嘲笑の言葉を書き殴る。たいていは無視かブロックされました。でも、通報されても、アカウントを作りなおせばいいだけです。

けれど、あなたは返信をくれました。飛んできた球を打ち返すような速さで。

あなたから返ってきたのは、切り裂かれた手首の画像でした。血は鮮やかな赤で、傷口はぱっくりとひらいていました。床まで血に濡れた赤い画面が、目に食い込んできました。

ぐにゃっと視界がゆがみました。心臓の音が突きあげてくるように大きく鳴り、吐き気がしてきました。嫌な臭いがする、と思ったら自分の体臭でした。脇にべっとりと粘つく汗をかきながらも手足は冷たくなっていきました。

その晩から、うまく寝つけなくなりました。ずっとあなたのSNSに張りついて、更新があるとほっとするものの、浅い眠りのなかで血塗《ちまみ》れのあなたの夢をみては飛び起きました。

あなたがもし死んだら、と思いました。わたしは言葉でひとりの女の子の命を奪ったことになります。裁判にかけられるだろうか。わたしの名前も顔も晒《さら》されてしまう。いや、わたしだけではない、もっとたくさんの人があなたに酷《ひど》い言葉をぶつけている、わたしだけのせいではない。そう思おうとしても、あなたの手首にある傷のひとつは確かにわたしの言葉によってできたものなのです。

せめてもの罪滅ぼしにと、自分の手首にカッターナイフの刃を当ててみました。赤いみみずばれが何本かできただけで、薄い皮膚すら裂けません。目をつぶり、ぎゅっとカッターナイフを握りました。熱い痛みを感じて目をあけると、白い、できたての傷口がありました。一瞬遅れて、小さな赤い珠《たま》がぷつぷつと盛りあがり、こぼれることなくかたまりました。それだけでした。「へ」と情けない声がわたしの口からもれ、わたしは床に崩れ落ちて泣きました。わたしには自分を傷つける覚悟もありませんでした。

「そんなに迷う？」とあなたが可笑しそうに言います。みっつの黒子は今日もきれいな正三角形を描いています。

わたしがこの告解をしたら、あなたはわたしを軽蔑するでしょうか。あなたはわたしのマリアさまではないから、赦して欲しいとは思っていません。おぞましいものを見るようなあなたの顔を、わたしは記憶に刻みたいのかもしれません。

でも、それは二重にあなたを傷つけることになりはしないでしょうか。それとも、これはわたしの思いあがりでしょうか。

スマートフォンの画面に指をすべらします。あなたの手のなかで小さな音が鳴り、「なにこれ」とあなたは吹きだします。

「なんで、『祈ります』スタンプなの？　クリスチャンだから？　よろしくとかじゃないの。うける」

あなたの笑い声で水鳥が飛びたちました。もしかしたら亀も起きたかもしれません。

「祈ります」と、わたしは小さな声で言いました。

傷痕を消しても、記憶は消せません。あなたの腕に刻まれた傷の数だけ、いやきっと、もっとたくさん、あなたは言葉の暴力を浴びました。その見えない傷が、いつの日かよみがえってあなたを壊してしまわないよう、わたしはずっと祈り続けます。

「なにを」とあなたは首をかしげます。

「あなたの幸福を」

まるで初めて聞く言葉のように、あなたは眩しげに目を細めて、それから少し笑いました。

からたちの

どうしてそんなことをするのですか。

自分が発した声を、抑揚も、速度も、そっくり同じに返されて、鏡があるかのような錯覚にとらわれる。目の前にいる人は自分とはまるで似ても似つかないというのに。

「女性はよく言うよね、どうしてって」

口の端を歪めるような笑いを浮かべながら画家が言う。女性は、という物言いに、曇った気分になったが黙っていた。

「そういう時はたいてい欲しい答えがあるんだ。違う？」

小馬鹿にしたように私を見る。欧米の名だたる美術館にも作品が収蔵されている画家なのに、ほとんどインタビュー記事がないことを思いだす。安易な質問をしたことを後悔した。

「すみません、ただ疑問に思っただけです」

「疑問を感じるのは私の行為が一般的ではないとあなたが判断しているからだよね。自分とは違う価値観に出会った時の反応だ」

「絵を生業《なりわい》にするのは誰もができることではないです」

「それは単なる結果だね」

返しが速い。口調はゆっくりなのに、考える隙を与えない。こんなにも饒舌な人だったのか。

イーゼルを前に脚を組む男性は痩せていて、姿勢が悪い。襟足の毛はいささか伸びすぎているし、無精髭《ひげ》も目立つ。けれど、その無造作さが実年齢よりも彼を若くみせていた。皮肉っぽい喋り方も、歳を重ねた気難しさというよりは世間知らずの若者のような雰囲気があった。親と言っても差しつかえない年齢のはずなのに不思議だった。

「なぜ傷痕の絵ばかり描くのか」

画家がどこか可笑しそうに言う。私は目だけで室内を見まわす。元は診療所だったという古い木造の建物の中は、薬品の類こそないものの、銀色の医療用キャビネットや黄ばんだ診察台はそのままで、壁のあちこちには素描の紙が貼ってある。金属の棒だけになった衝立《ついたて》にも大きな紙がかけられていた。破れたものや、端がめくれたもの、何枚かは床に落ち、そのどれにも傷が描かれている。

一見、それらは傷痕とはわからない。傷だと思うのは彼が傷痕の絵を描く画家だという予備知識があるからだ。頭をまっしろにして遠く眺めれば、鉛筆の陰影のみで描かれたそれらは布の表面にも見える。しわが寄り、ひきつれ、破れ目を繕われた、なにかを覆っていたもう新しくないもの。けれど、目を凝らすと、その表面にちらばるシミやぽつぽつと浮く毛穴、薄く流れる体毛が見えてきて、逃れようもなく人体であることを突きつけられる。

「自然や静物を描いても別段わけを問われないのにね」

画家は傍らのカートに手を伸ばす。メスや鉗子《かんし》、脱脂綿を入れた容器などがのっていたであろう無機質なカートの上は、年季の入った画材であふれている。汚れたパレットや絵筆や油の入った瓶。ねじれた絵具のチューブは中段でも下段でも山になっていた。

「目立つ傷痕は目を逸らされるものですから」

「へえ」と画家がスツールに腰かけたまま身じろぎした。

壁なのか、床なのか、時折、軋んだ音が響く。細長い窓から差し込む陽は静かで暖かいけれど、建物を取りかこむ生垣の影を床に落としている。絡まり合う植物たちの影には無数の棘がくっきりと見え、その尖った先端にどきりとした。

――いばらの屋敷
建物はそう呼ばれていた。塗装の剝げた元診療所は棘だらけの生垣で囲まれており、近所のやんちゃな子等や肝試しに訪れた者の肌を切り裂いた。よく知られた童話になぞらえて語られる幽霊の目撃談は長い髪の女性であることが多かった。恋人に裏切られて首を吊った女が幽霊となり、男を見かけると窓辺から手招きする。中に入ると女は眠っていて、口づけした男は舌を嚙み切られる。女は口から血を滴らせながら、次なる男を待っている。そんな噂がネットに書き込まれていたが、私が知る限り、この建物には無精髭の画家しか住んでいない。そして、ここには無数の傷痕はあっても、一滴の血すら描かれていない。どの傷も、もうふさがっているのだった。

「生傷はないのですね」

呟くと、画家は「それは過去しか描いていないという意味かな」と薄く笑って言った。

「そういうつもりでは」

「私が描きたいのは生き延びたあかしだから。死体の傷口というのはひらいたままだ。血が乾き、腐敗し、蛆《うじ》がわくことはあっても、ふさがることはない。傷痕になることはないんだ。だから、これらは生者の勲章だ」

画家は鉛筆で壁に貼られた傷痕たちを指した。ふと、目の動きがとまる。「ああ」とわずかに口をひらいた。

「祖母が言ったんだ。男の傷は勲章、でも女の傷はただの傷。私は違うと思った」

「どうしてですか」

「どの傷痕も美しいから」

画家は迷いなく言った。それから、「質問が多いね」とまた口の端を歪めた。

彼の代表作は、戦争によって負った傷のシリーズだった。兵役で戦地に赴いた戦傷者だけでなく、戦時下の日常を生きていた人々の傷口も描いた。ちぎれた脚や指、焼夷弾《しょういだん》で焼かれた皮膚、爆風で吹き飛ばされた耳、銃痕、潰れた目、割れたガラスが刺さった背中……それらは人種も性別も年齢も明かされず、ただの傷痕として展示された。平和への祈りが込められていると評され、終戦記念日が近づく夏の盛りになるとよくメディアなどで取り上げられた。けれど、画家本人がそういった平和の式典に参加することはなかった。

「祖母の背中には大きな傷痕があってね」と画家は口をひらいた。私を見ているようで見ていない。鉛筆を握る手は止まったままだった。

「背中というか、肩と肩甲骨の間だね。こう、肉をつまんで細い棒のようなものを貫通させたような痕だった。幼い私には、ふたつの彗星《すいせい》が互いをめがけて飛んでいくように見えてね、祖母と風呂に入る時はよく背中にまわっていたよ。祖母は傷を見られるのを嫌がっていた。戦時中に負った傷であることはなんとなく知れたけど、ことの経緯を話してくれることはなかったね」

しばし黙る。ストーブの火が燃える音だけが部屋に響く。もう桜も散った天気の良い昼間なので部屋は眠気をもよおすほどに暖かい。

「一度だけ、あたしは足が遅かったから、と言っていたね。自分のからだを、傷痕を恥じていた。祖母に『恥ずかしい』と言わせるすべてを私は憎んだ」

「おばあさまの傷痕は絵にしたんですか」

「いや」と画家は私を見た。

「私は記憶だけでは描けない。それに、祖母はずっと傷痕を隠していたからね。せめて、なにによる傷だったのかを知りたくて、同じような傷を負った人がいないか探したよ。でも、同じからだがないように、同じ傷もないんだ」

床に落ちる棘の影の中でなにかが小刻みに動いていた。窓の外の生垣に目を遣る。小さな鳥の尻尾がちらちらと見えた。この建物に入る時、棘だらけの生垣に花がぽつんぽつんと咲きはじめていたことを思いだした。

「からたちだよ」と画家が言う。

――からたちの花が咲いたよ、白い、白い、花が咲いたよ
ふいに歌われた童謡は初めて聴くのにどこか懐かしいような気がした。童謡とはそういうものなのかもしれない。

「この歌もおばあさまが？」

「そうだね」と画家は短く言った。

「長いあいだ、私は祖母がなぜ傷を隠したのか、過去を語りたがらなかったのか、疑問

だった。美大に残って教員をやっている頃だったかな、研修医だった友人が救急外来の当直明けに青い顔をしてやってきたんだ。嫌なものを見た、と」

　私はもう相槌を打たなかった。画家は喋り続けた。

「虐待の疑いのある子供が運ばれてきたらしい。でも、児童相談所へ通知するほどではない。親は事故だと言い張っている。今の段階では経過観察するしかない。そうたんたんと話していた。私は訊いたよ、なにをもって虐待の疑いとするのか。彼はヒストリーだと言った。現実に子供のからだに存在する損傷と親が申したてるヒストリーに矛盾があったり、子供の発達と相容《い》れないヒストリーがあったり、問診するたびに変わるヒストリー、傷について語るヒストリーの少なさや不可思議さが決め手となるのだと。やけにかいがいしく看病する親も疑いの対象となるらしい」

　思いだしたように私に水を勧める。かつてここで診察をしていた医師が使っていたであろう事務机の上に、水差しとコップが置かれた盆があった。首を横に振って断る。

「子供が自ら語るヒストリーはないのかと私は問うたよ。小児虐待は零歳児が最も多いのだという答えだった。だが、たとえ喋れたとしても、虐待された側が語れるヒストリーなんかほとんどないよ、と彼は言ったね。だって突然、不条理が身に降りかかってくるんだ、それも最も近しい人から、なにを語れる、と。その日、彼が診た子は火傷を負った六歳児だったが、太腿の裏に点々と残る三日月形の痕もあったそうだ。その痕のわけを問うても黙っている。洗濯ばさみで挟んだ痕じゃないかと先輩医師が言っていたらしい」

しゅっしゅっと鉛筆が紙をすべる。

「その時、気付いたんだ。祖母は語らなかったんじゃなくて、語る言葉を持たなかったんじゃないかと。変わらないと思っていた日常で、戦争が起きる。会ったこともない海の向こうの人間が敵になったと言われてもぴんとこない。人を殺す覚悟もないまま過ごすうちに、敵の飛行機がやってきて家々を焼き人を撃つようになる。なぜ自分が殺されるのか、わからないまま死んでいった人がたくさんいるだろう。祖母のからだをなにかが貫いた時、逃げ足が遅かった以外の過失を彼女は自分の中に見つけられなかったのかもしれない。戦争が殺し合いだってことすら、きっと彼女はわかっていなかった。殺されかけるまで」

「私は」

口をひらいていた。

「おばあさまの気持ちがわかるとは言えません」

「でも、君は殺される側の気持ちを知っている」

画家が私を見た。いや、私の傷痕を見ている。医師以外に見せたことのない傷痕を。剝きだしの尻の下で、スツールのビニールがきゅっと鳴った。傷痕は右腕と胸と腹と背中にある。すべて刺傷だ。刺すという意図を伴った傷。私を殺そうとした他人の意図が遺《のこ》るからだを、私は初対面の人の前に晒している。

傷痕があるのは上半身だけなのに、なぜ裸になるよう指示されたのか、わかった気がした。

諦めさせるためだ。ここから逃げることを。

息を吐いて、呟いた。

「私の傷のヒストリーを聞きますか」

ときおり耳にする「殺意」なんてものは本当に存在するのだろうか。少なくとも、私は感じることができなかった。

玄関の扉を開けたら、人がぶつかってきた。背の低さと長い髪で女性だとわかった。どん、と衝撃があって、私は呑気《のんき》にも倒れたのかと勘違いし「大丈夫ですか？」と声をかけていた。けれど、「大丈夫ですか」の「か」は潰れたような音になった。

腹部に痛みが走ったからだ。鉛色の刃がひらめいて、今度は胸に突き刺さる。女性の顔は髪に隠れて見えない。また、刃が躍る。そこで、ようやく私のからだは動いた。頭を庇おうとした腕を刺される。

しゃがんだ。へたり込んだのか、腹を守ろうとしたのか、わからない。丸まっても、背中にも容赦なく鋭い痛みが降ってくる。無我夢中で女性の膝を抱え込むと、女性が仰向けに倒れた。包丁が玄関に転がる尖った音を耳にした途端、「助けて」と叫んでいた。女性が包丁を摑む。私は女性に向かって声をあげた。必死だった。女性の動きが一瞬、止まった。

「あんたがいるせいで」

女性は確かにそう言った。意味がわからなかったし、私を見る女性の目にはなにも見つけられなかった。憎しみも、興奮も。ただ、また刺されることだけはわかった。

その時、インターホンが鳴った。女性ははっと顔をあげると、玄関を走り出ていった。廊下を這うようにして進み、インターホンの通話ボタンを押すと「助けてください」と叫んだ。手が血でぬるぬるとすべった。鉄の臭いがずっとしていた。いつもくる宅配便のお兄さんの焦った声を遠くに聞いて助かったと思った。

女性は夫の不倫相手だった。私を刺した時、二人の関係はもう終わっていたが、職場が同じだった女性は復縁を迫っていたらしい。女性に対し夫は私と別れる気はないと言い、思いつめた女性が私を刺したのだった。

法廷で女性は「殺意はなかった」と言った。けれど、夫が出勤して、私が一人になった時間を狙ったこと、幾度も執拗《しつよう》に刺していることなどから、その主張は認められなかった。包丁の刃が肺まで達していたら私は死んでいたかもしれない、と医師は言った。

夫は裁判員の前で、女性に対し「然《しか》るべき制裁を望みます」と言った。その瞬間に彼への気持ちはなくなった。私を殺そうとした女は、あなたが抱いていた女だ。なぜ、この男が被害者の側にいるのか理解できなかった。

裁判が終わっても、女性から謝罪の手紙が届いても、週刊誌の記者が日常からいなくなっても、終わった気がしなかった。事実、傷痕はからだに残っていたし、私が彼女に向かって叫んだ言葉は宙に浮かんだままだった。どこからも答えが返ってこない。

夢ではくり返し殺された。いや、殺されかける。

闇から伸びてきた手が私を刺す。やめてと懇願しても、顔の見えない誰かは、執拗に私を刺し続ける。

「君はその女性になんと言ったの」

画家が尋ねてくる。私の傷痕を見つめながら。いや、違う。この人は傷だけを見ているわけではない。

目をとじ、自分の中でくり返してから口をひらいた。

「どうして」

どうしてそんなことをするのか、わからなかった。自分を、私という存在を、殺したい人間がこの世にいることが信じられなかった。

かなうならば、この傷痕の残るからだを女性に見せて、もう一度、問いたかった。どうしてこんなことをしたのか。あなたは本当に私を殺したかったのか。私は誰も殺したくないのに、私は殺してもいいと判断される存在なのか。

あの女性でなくてもいい。誰か、教えて欲しい。

どうして、どうして、どうして。問いはずっと消えず、無数の刃となって返ってくる。まるで、いばらの城に閉じ込められているようだ。

画家は黙っている。私は裸のまま、スツールから立ちあがる。

「これが美しいですか」

「美しいよ」と画家が鉛筆を手に取る。

「不条理を呑み込んで生きるからだだ。でも、心は不条理を受け入れてはいない。君の目はずっと、どうして、と語っている。そのアンバランスさが美しい」

「それは私にとって慰めにはなりません」

「知っているよ。君は答えが欲しいんだから」と画家は言い、部屋を見まわした。

「このデッサンに描かれた戦争を知るからだはもう、ない。どんなに美しい傷痕もからだの持ち主が死ねば焼かれて、遺らない。君は遺したい？」

訊かれて、頷く。

どうして、と誰かに思って欲しかった。どうして、この人は刺されなくてはならなかったのか。どうして、人は誰かを傷つけ、絶命させようと思うのか。

人の悪意はこんな風に肌に遺るのだと伝えたかった。

——からたちも秋はみのるよ、まろい、まろい、金のたまだよ

外からあどけない歌声が聞こえた。画家が近所の子等に教えたのだろうか。棘の影が濃くなる。

「実が生るんだよ」と画家が言った。鉛筆をすべらせながら。

慈雨

点滴の針が刺さった娘の腕を見た瞬間、夫の顔色が変わるのがわかった。

すーっとなにかが見慣れた顔から消えていく。救急外来のしらじらした照明の下、これが血の気がひく、という状態かと粘土のようになった夫の顔を見つめた。

ゆらっと夫の体が傾ぐ。落としかけた仕事鞄を持ちなおし、夫は娘から目を逸らした。

「すみません」と小さな声で言う。

「ちょっと……気分が……」

もっと小さくなった声でうめくように言うと壁にもたれた。片手で顔を覆い、いまにもずるずると床に崩れ落ちそうだ。

胃腸炎と診断されたことも、入院の心配もないことも、嘔吐《おうと》が落ち着いてきたことも、経過はずっと連絡していた。ちゃんと既読がつき、返事もきていた。処置台に横たわる四歳児の体は小さくて、ぷっくりした腕に刺さる針は痛々しかったが、点滴も脱水予防のための水分を入れているだけで、もちろんそのことも伝えていた。

それなのに、この反応はなんなのか。娘が重篤な病に罹《かか》ったとでも勘違いしてしまったのか。

「あらあら、貧血？　お父さん、しっかりして」と年配の看護師が笑った。あんたのお父さんじゃないだろ、と黙ったまま思う。自分も娘の前では「お父さん」と呼んでいるのに。

「大丈夫です、すみません」と弱々しい声をだす夫に、看護師は「男の人は血に弱いから仕方ないわよ」と励ますように言った。じゃあ、外科医はみんな女性なんですか、と心の中でまた思う。それに、点滴をしているだけで、そこらに娘の血が飛び散っているわけではない。お腹が痛いとずっとぐずっていた娘は、お気に入りのイルカのぬいぐるみに頬を押しつけたまま眠っている。去年、家族で水族館に行ったときに買ってあげたものだ。イルカの水色は汚れて灰色っぽくなっている。娘は吐くたびに泣いていたが、点滴の針を刺されるときはぎゅっとイルカを片手で抱き、一粒の涙もこぼさなかった。なのに、なんで痛い思いもしていないあんたが参ってるんだよ。口をひらけば、そんな悪態がついてでそうで、ちょっとは夫の心配をすべきだとは思うが、なにも言えない。

ジャケットの中のスマートフォンが短く振動した。会社からだろう。週明けに提出する予定の企画書について、もう少しチームのみんなと詰めたかった。幸いにも、保育園からの急な呼び出しに嫌な顔をされる職場ではない。けれど、送り迎えは交代で行っているはずなのに、娘になにかあると絶対に私に連絡がくることに私自身が釈然としていない。その苛立ちは夫以外に向ける場所がない。

「遅くなってごめん」

まだ娘から目を逸らしたまま夫が呟く。その横顔を眺めていると、父の姿がよぎった。表情を変えたつもりはなかったが、なにかが伝わってしまったのか、夫がはっとしたようにまた「ごめん」と言った。「情けないよな」と、つけ足す。

否定も肯定もしなかった。ただ、学生時代に一緒に献血に行って、彼だけ具合が悪くなったことを思いだした。あの頃は名前で呼んでいたし、注射が苦手なことも可愛いと思えた。いま、そう思えないのは家族になったせいなのか。

「点滴が終わったら帰れるって」

そう言うと、夫は「わかった」とようやく処置台に近づいた。額に張りついた娘の細い髪を指先でそっと撫でる。

点滴筒の中で透明な液体が音もなく落ちた。

「生春巻きの中に入っていた海老が原因かもしれない」と、夫は神妙な顔をして言った。

私たちの間で娘は眠っていた。家に帰ってから何度かトイレに連れていったが、便座に座ったままうとうとしていた。林檎ジュースと経口補水液を混ぜたものを飲ませ、べッドのまんなかに横たえるとすぐに寝息をたてだした。熱のせいでぐったりと湿っている。

「生春巻き？」

娘の汗をガーゼタオルでぬぐう。

昨夜の夕飯は夫の当番だった。残業を終えて帰宅すると、夫と娘はソファで折り重なるように寝ていて、私の分の食事はラップされてテーブルの上に置いてあった。ナンプラーで炒めた鶏肉《とりにく》とセロリ、アボカドのサラダ、それとトマトと卵のスープだったはずだ。

「私、生春巻きなんて食べてないけど」

「みーちゃんが食べちゃったんだよ、ぜんぶ。海老好きだから」

「なんでとめなかったの？」と言うと、夫の黒目が落ち着きなく動いた。

「またスマホ見ながら食べてたの？　目、離さないでって言ったよね」

つい声が険しくなってしまう。

「ごめん、気をつける」と夫はすぐに謝ったが、寝そべっているせいか、いまいち反省が伝わってこない。おまけに病院を出てからずっとぼうっとしている。私に無関心だった父を思いだして胸がざわめく。

「ちゃんと見ててよ」

言いながら、自分も夫を責められないと思う。昨夜、娘をソファからベッドへ運ぶとき、息がもっちゃりと生臭い気がした。今朝もあまり食欲がなかった。もしかしたら、昨日から体調が悪かったのかもしれない。おかしいなと思いながらなにもしなかったのは、見ていなかったのと同じだ。

眠る娘の、ぽっこりした腹を撫でる。いつもより明らかに張っている。重さを与えないようにゆっくりと手を動かす。胃腸炎は脱水や発熱への対症療法しかできず、直接的な治療薬はない。早く、悪いものが小さな体内から出ていきますようにと、祈りを込めて撫でた。

「人類の最初の治療法は手を当てることなんだって。動物だったら自分で傷を舐められるけれど、二足歩行をする人類は体の構造上、舌が届く範囲が限られているから、手で傷を押さえてみた。そうしたら、ちょっと痛みが和らぐことに気づいたって、なんかの本に書いてあったな」

眠気を退けるために喋る。今日は早退してしまったので、まだ仕事をしなくてはいけない。

「でも、手を当てたって傷口が露出するのを防ぐだけで治療にはならない気がするんだよね。こうしていたって少し温度が伝わるだけで。治すのって、結局は体なわけだし。いま、この、ちっさい体の中でみーちゃんの細胞が一生懸命に戦っているんだよね」

相槌が返ってこない。寝たのかな、ほんと呑気だな、と思っていたら、「さっきさあ」と低い声がした。

「妹のこと思いだしたんだ。あいつ、みーちゃんくらいのときに事故に遭ったことがあるんだよ。友達と遊ぶ俺を追いかけて車道に飛びだしてさ、撥《は》ねられたんだ。救急車がきてすごい騒ぎになった。手術を終えた妹は点滴に繋がれていて、しばらく車椅子に乗っていたよ。もうなんともないみたいだけど、腰と太腿には痕が残ってるって母親が言ってた」

「そうだったんだ」

夫の四つ下の妹とは服を買いに行ったり、二人でお茶をしたりするほど親しくしていたが、そんな話は聞いたことがなかった。娘を産む前は一緒に岩盤浴やサウナに通ったこともあったけど、彼女の体に傷痕があったかどうかは思いだせなかった。もう目立つものではなくなっているのだろう。

「車のブレーキを踏んだ音でふり返ったら、妹は道路に倒れていた。泣きもせず、ごろんと転がったままでさ。俺、そのとき、まっさきになにを考えたと思う？　妹の心配じゃなかった。どうしようって思ったんだよ。親に怒られるって。最低だよな」

なんと答えたらいいかわからず、「だって子供だったんでしょ」とだけ言った。

夫は私のぎこちない慰めを拒むようにかたい表情をしていた。

「誰も俺を責めなかった」と娘を撫でる私の手に自分の手を重ねた。いつも温かい手が冷たかった。「つめたい」と手を握る。

「父親も、母親も。妹にいたっては事故の前後のことを忘れていた。俺が目を離したせいで妹は死にかけたのに、誰も俺を責めなかった。あれ以来、血とか怪我が駄目で。人が注射や点滴されてるのもちょっと怖い。なのに、またこうして後悔をくり返すところだった」

握ったはずの手を強く握り返される。「うん」と頷く。救急外来で、意気地がないと思ってしまった罪悪感でなにも言えなかった。自分の態度を思い返す。私はこの人を傷つけてしまったかもしれない。手をほどき、眠る娘を間に挟んだまま、二十代の頃より肉がついた夫の肩を、謝罪を込めて撫でる。

「明日はちゃんと見ててあげて」

ようやく夫が私を見た。

「明日、行くのやめるのかと思った」

「父の還暦祝いだしね。送りにくいもの買っちゃったし届けてくる。なにかあったらすぐ連絡して。お祝いを渡したらすぐ帰ってくるから」

話すこともないし、とつけ加える。それなのに、点数稼ぎをするように父の誕生日を祝ってしまう自分が嫌だ。

さああっと外から音がした。水の流れる音に、通りを行き交う車の騒音が覆われる。

「ほら、やっぱり」

私が苦笑すると、夫が「どういうこと」と首を傾げた。

「父は雨男なの。家族旅行はいつも雨だったし、父が参加する式もたいてい雨」

「そういえば、俺たちの結婚式も降ったね」

「でしょ、あれは父のせい」

鼻に皺を寄せると、夫はふっと息を吐くように笑った。

「そういう困ったような笑い顔、お義父さんにそっくりだよな」

「やめて」と遮る。「あの人、ほんと私に興味ないから」

夫が黙ってしまったので、「なんかお互い苦手なんだよね、昔から。家族でもそういうのあるじゃない」と取り繕う。

雨音が強くなり、寝室を離れたくない気分になった。「一時間経ったら起こしてくれる?」と頼むと、夫は快く「いいよ」と言ってくれた。夫は上半身を起こし、娘のお腹を撫でながら文庫本をひらいた。ほんの少し、私も撫でてもらいたい気分だった。なぜか雨の晩は甘えた気持ちがわきあがる。

ふと、夫の妹が昔、話していたことを思いだした。

「小さいときにお兄ちゃんの顔に鉛筆を刺しちゃったことがあって」

まだ出会ったばかりの頃だったと思う。子供のときにしてしまった悪戯《いたずら》について話していた。

「ちょっとした小競り合いだったんだと思うけど、経緯はよく覚えていなくて。嫌とか言いながら鉛筆を持ったまま手をふりまわしていたら、刺さっちゃった。びっくりした顔のお兄ちゃんと目が合ったのを覚えてる。お兄ちゃん、眉間の下のほうに灰色の点あるでしょう。刺さった芯の色が残ったんだと思う。あれ、見るたび、ごめんって思う。だから、あたしたち仲がいいのかもね」

そう言って屈託なく笑っていた。

表情も、後悔の仕方も違うのに、きょうだいなのだなと思った。手を伸ばし、夫の眉間に触れる。

「これ、なに？」

「へ、なんかある？」

「なんか黒っぽい点。前からだけど」

嘘だ。本当は寝室のぼんやりした灯《あか》りでは見えない。

「さあ、黒子じゃない」と夫はなんでもないように言った。

傷つけられた本人は忘れている。でも、傷つけたほうは覚えていて、見るたびにその体に残る傷痕を探してしまう。どんなに薄くなっても、後悔の味はそのたびによみがえるのだろう。哀れだけれど、優しい痛みに思われた。

自分が忘れてしまった傷を覚えている人がいる。そんな安心感がこの世にはあるのだと、目をとじて雨音に身をゆだねた。

次の日も雨は止まなかった。ぐずぐずと降り続け、空気をひんやりと湿らせている。休日の早い時間の電車は空いていた。細長い紙袋を抱えて座っていると、子供連れの夫婦が前に座った。赤と黄の合羽を着た、娘と同じくらいの歳の姉妹が夫婦の間で足をぶらぶらさせた。父親と母親が、彼女たちに交互に話しかけている。

物心ついたときから父は無口な人だった。自分から家族に話しかけることは滅多になく、いつも本を読んでいた。大学で英文学を教えていた父が読む本は、子供の私には読めない英字でびっしりと埋めつくされていた。姉は無邪気に興味を示し、問われれば父は答えた。けれど、私がなにか尋ねても父は私の顔を見ずにぼそぼそと早口で喋った。姉が小学校に入学すると、父は私たちにイギリスの童話を朗読させるようになった。パジャマに着替え、歯を磨いたら父の書斎へ本を持っていくのが習慣になったが、私は眠くて姉が朗読をしていると首がかくかくと揺れた。すると、父は「お前は寝なさい」と冷たい声で言った。姉には間違えたところを何度もくり返させるのに、私が一回でも間違えると「もういい」と終わらせてしまう。父はいつもそうだった。姉と私で対応が違った。習い事も進路も、私には「好きにしなさい」としか言わないのに、姉の選択には口をだした。姉は「あんたには甘いのに、私には厳しい」と文句を言っていたが、私からすれば父は私になんの期待もしていないように見えた。はきはきと物を言う姉が面白いのか、父は姉の前ではときおり笑顔を見せた。けれど、私の前ではむっつりと口を結び、目を合わせることすらしない。私は萎縮し、ますます父と話せなくなった。反抗期の姉が、父と口論したり、無視したりするのを、驚きと微かな嫉妬をもって眺めた。姉はそんな私のことを「あんたはいっつもいい子でムカつく」と断じた。私は父の前では「いい子」でいるしかなかった。

子供がふざけ合う高い声で我に返る。合羽を着た小さな姉妹はお互いをくすぐり合って笑っていた。

血がつながった親子とはいえ相性がある。結婚し、娘を産んで、そう思えるようになった。けれど、ふとしたことで幼い頃の寂しさはよみがえる。特にこんな雨の日は。

アナウンスが実家のある駅名を告げ、私は長すぎる紙袋を脇に抱えて電車を降りた。

「それ、薔薇か銃?」と出迎えてくれた母が笑った。相変わらず、父は居るのに出てこない。

濡れてしまった紙袋から、リボンのかかった細い包みを取りだす。

「どっちも外れ。ていうか、銃はないでしょう」

「お父さん、運動不足だからモデルガンかなって」

「なんで急にサバイバルゲームさせるの」と笑ってしまう。本気か冗談かわからない、とぼけたことを言う母からはほんのりと酢飯の匂いがした。父の好物のちらし寿司を作っているのだろう。

父は、私が高校生のときに大学を辞めて、翻訳の仕事をはじめた。ますます出不精になり、日がな一日書斎にこもっているようになった。少しは日に当たったらと母と姉が口やかましく言うと、午前中はサンルームで本を読むようになったが、運動はおろか外出もほとんどしない。

「みーちゃんの具合が悪いからプレゼント渡してすぐ帰るね」

「あら、そうなの。後からくるのかと思ったわ」

「胃腸炎だから食べられないし、症状は落ち着いたけどまだぐったりしてるから」

「あ、じゃあ」と母が階段下の物置を開ける。「こんなのがでてきたけど持っていかない？」

母が引きずりだした段ボール箱の中には子供用の絵本や玩具がごちゃごちゃと入っていた。どれも黄ばんだり、塗料が剝げたりしている。

「もーお母さん、これ、みーちゃんが生まれたときも見せてきたよ」

「そうだっけ」

「そうだよ。おもちゃが増えても仕方ないからレンタルにするって言ったじゃない。それに、古いおもちゃを幼児に与えるのは衛生的に良くないし」

でも、捨てたらとは言いにくい。まだ使えるものはないかと見まわすと、パサついた栗色の髪の人形に目がいった。まぶたが丸く盛りあがっていて、頭を動かすと目をあけたりとじたりする、ミルク飲み人形だった。長い睫毛はばらばらの向きに散らばり、レースのついたピンクのワンピースは色褪《いろあ》せていた。

けれど、私の目をひいたのは、額にマジックペンで描かれた線だった。ぎゅっぎゅっと不器用にひかれている。なんのしるしだろう。

「なにこれ」と線を指でなぞる。

「その子、お気に入りだったのよ」

「そうじゃなくて、この落書き」

「ああ」と、めずらしく母が言いよどんだ。「あんたが描いたの。お揃《そろ》いだって」

「お揃い？」

「そう、自分とお揃いにしたのって」

「私と……」

自分の額に触れて、傷があったことを思いだす。とはいえ、ほとんどわからない。酔ったときに赤く浮きあがるくらいだ。思春期は前髪を厚くして隠していたが、小学生の頃はクラスの男子に見せつけて「頭割れて縫ったんだよ」と自慢をしたこともある。けれど、もうすっかり忘れていた。むしろ、最近でてきた額の横皺のほうが気になる。

「これを見たあの人がショックを受けてね」と母が呟く。

「なんで、お父さんが」

え、という顔。ややあって「まだ話してなかったのねえ」と呆れたように笑った。

「昔、庭にさくらんぼの木があってね、実が生るとお父さんが採ってくれたの覚えてない？」

首を横にふる。まったく記憶になかった。

「けっこう酸っぱかったんだけど、あんた好きでね。あたしがお姉ちゃんを歯医者に連れていっているときに、自分で木に登って採ろうとしたの。お父さんにあんたの面倒を頼んでいたんだけど、目を離しちゃったみたいで。また運悪く、脚立が木のそばに置いたままだったのよ。泣き声でお父さんが庭に飛びだしたら、倒れた脚立の横にあんたが血まみれの顔で転がっていたんだって」

木から落ちて怪我をした痕だとはうっすら覚えていた。病院で縫われた記憶もある。でも、そのときの状況は知らなかった。

「よっぽど気が動転していたのか、救急車も呼ばず、あんたを抱いて走って近所の大島内科さんに駆け込んだらしいわよ。ぱっくりひらいた額の傷をずっと指で押さえてっていたって、後で看護師さんたちが言ってたねえ」

「さくらんぼの木は？」

「あんたの抜糸が終わる前に、あの人が植木屋を呼んで伐らせちゃった。庭もサンルームに変えて。悔やんだんでしょうね。嫁入り前の娘の顔に傷を残してしまった、と何回も言ってたわね」

古い、と思わず顔をしかめる。母は「古い人間だもの」と眉毛を下げて微笑んだ。

「お母さんもそう思ったの？」

「可哀相だとは思ったけど、あの人があんまり何度も言うから、なんか苛々しちゃって、できたものは仕方ないでしょって言っちゃったの。額に傷ひとつあるくらいで女の価値が損なわれると思うような相手なんて願い下げだし、結婚のときのいい判断基準になるじゃないって」

声をだして笑ってしまった。母も一緒に笑い、ちょっと息を吐くと言った。

「でも、自分が原因だったらそうは言えなかったでしょうね。あの人、それからなんにも言わなくなっちゃった。でも、忘れていないのよ、絶対に」

母は私の手からミルク飲み人形を取ると、段ボール箱に戻した。肩をまわし、「ちらし寿司とかおかず持っていきなさい。すぐ詰めるから」と慌ただしく台所へ向かう。

「大丈夫」と言ったが、もう聞こえていなかった。

台所から響く揚げ物の音を背後に聞きながら居間を横切り、サンルームに向かう。

ガラス張りの小さな部屋は観葉植物と母が育てているハーブ類のプランターでごちゃごちゃしているが、雨の日でもぼんやりと明るい。

その灰色がかった淡い光の中に父がいた。籐《とう》の椅子に腰かけ、ペーパーバックの洋書をめくっている。見慣れた姿だったが、背は前より丸くなった気がした。眼鏡の中の目は、私が近づいても英字にそそがれたままだ。

「来ました」と言っても、「ああ」としか返ってこない。やっぱり私の顔を見られないんだなと思う。自分が原因だと思っている傷があるからだろうか。一人では生きていけなかった小さな娘はもういない。結婚し、子を産み、さくらんぼだって自分の働いたお金で買える私は、古い傷などすっかり忘れていたのに。

「お父さん、誕生日おめでとう」

細長い包みを差しだす。父は傍らの台に本を置くと、黙って受け取った。「なんだ」と言いながらリボンを解く。

「傘です。雨男のお父さんにはぴったりかなって」

「赤いんだが」

「還暦ですから」

「そうか」と父は納得していないような顔で言った。いや、いつもこんな顔をしている。

「すまないな」

必ずそう言う。「ありがとう」ではなく「すまない」と、まったく嬉しくなさそうにぼそりと呟く。ひねくれている、とずっと思っていた。けれど、この人の私への気持ちにはいつも「すまない」があったのだと、いまはわかる。

父は赤い傘を持ったまま黙っていた。サンルームの天井に雨粒がどんどん落ちてくる。雨音に包まれていると、小さい頃のことを思いだした。

雷が苦手だった私は雨の夜が怖かった。家族が寝静まった深夜に目を覚ましてしまうと、雨の音が聞こえないように耳を両手でふさいでベッドで身をこわばらせていた。

そんなとき、誰かがやってくることがあった。ドアがひらいた気配がして、腰かけた重みでベッドがたわむ。温かい手が頭に置かれ、ゆっくりと撫でる。親指の腹でそっと額をなぞられると安心して、深い眠りに落ちた。あれは、ずっと、母だと思っていた。

雨音が響く。父と私だけで雨の中に浮かんでいるようだった。

「雨の晩に頭を撫でてくれたの、お父さんだったんだね」

父の肩が小さく動いた。

傷痕が消えますように。もう傷を負いませんように。雨音の中、そう祈っていたのだろうか。

傷なくして生きていくことが不可能だとわかっていても、祈ってしまう気持ちを私は知っている。

父が「すまない」と言ってしまう前に「ありがとう」と呟く。きっと私は父とそっくりの困ったような顔で笑っている。

あおたん

あおたんのおっちゃん、と呼んでいました。

今の若い人はわかるのでしょうか、あおたん。そう、青痣《あおあざ》のことです。

うちはお金がなくて、私は兄のお下がりの黒のランドセルを背負っていました。下校中にからかわれるのが恥ずかしくて、私はいつも最後まで教室に残っていました。誰もいなくなって、廊下も静かになってから、子供のいなくなった通学路を帰るのです。帰るといっても、家ではなくて、おっちゃんの店に走っていきました。

なんの店だったでしょう。本屋だったような覚えがあるのですが、スポーツ新聞や週刊誌ばかりが表に並び、背表紙の色褪せた本には埃が溜まって、文房具や生活用品も並んでいた気がするので定かではありません。

壊れたままのランドセルの留め金がいつも背中でカチャカチャ鳴っていました。「あおたんのおっちゃん！」と叫ぶと、店先で煙草を吸っていたおっちゃんが「おう」と目を細めます。青い腕が伸びてきて、私の頭に重い手が置かれます。

「あおたんやのうて、刺青《いれずみ》やって言うとるやろが」

おっちゃんの母親らしきお婆さんが「親不孝もんが」と店の奥で吐き捨てるように言います。

「なんか言うたかあ？　聞こえへんかったわ」と鼻から煙を吹きながらおっちゃんがせせら笑い、「都合悪いことはぜんぶ聞こえへんのやないか」とお婆さんが怒鳴ります。

「そうやで、わかっとんのやったら言いなや」

おっちゃんはそう怒鳴り返して、私を連れて散歩にでるのが常でした。おっちゃんが怒鳴ると、誰もが黙りました。昼間でも薄暗い高架下の、店がひしめき合うように並ぶ狭い通りも、おっちゃんが歩けば大抵の人は目を伏せて道を譲りました。昼間から酒臭い息を吐いて通行人に喧嘩《けんか》を売る人も、おっちゃんを前にするとこそこそと逃げていきます。

おっちゃんの身体は刺青で覆われていました。はだけた胸元からは般若《はんにゃ》や大輪の牡丹《ぼたん》がのぞき、鱗《うろこ》に覆われた二頭の龍《りゅう》がそれぞれ右腕の波間と左腕の雲間を飛び、首の後ろで絡み合い、両耳の上で口をひらいていました。きれいに剃《そ》りあげた頭にも刺青を入れていたのです。「暑うてかなわん」とこれ見よがしにシャツを脱げば、背中で炎を背負った不動明王が睨みをきかせていました。「どや、まなじりのきりりとつりあがった格好ええお顔やろ」と、自分の背中が見えるかのようにおっちゃんは自慢します。燃えさかる炎に包まれた不動明王の顔はおっちゃんよりも凄みがありました。

おっちゃんは皮膚という皮膚に墨が入っている、と噂されていました。

初めておっちゃんを見た時、青い人がいると思いました。墨は皮膚に入ると青くなるのです。そこに赤や黄も混じり、遠くから見ると打ち身の痕のようでした。

「あのひと、あおたんだらけや」と声をあげると、しぶしぶ私を連れていた兄は「アホ！」と私の頭を叩き、逃げてしまいました。おっちゃんは大股でやってくると「あおたん、ちゃうわ。よう見てみい」と右拳を突きだしてきました。青い肌は、近くで見るとくっきりした模様でした。おっちゃんの右手の甲では丸い眼の鯉が跳ねていて、おっちゃんが手首を動かすと口をぱくぱくさせました。

「かいらし。なんで絵、描いとんの？」

「描いてるんちゃう、彫ってるんや」

「彫る？」

「針でな、刺して色を入れていくんや。あおたんはぶつけたり殴られたりした痕やろ、そのうち消えよるし。これはちっこい刺し傷や、消えへん」

そんなやりとりの後、幼かった私は尋ねました。

「痛くないん？」

おっちゃんはにやっと口を歪めました。耳の上の龍たちも笑ったように見えました。

「痛いで。痛ないとやる意味あらへん。これがほんまの満身創痍《まんしんそうい》やで」

それから、「もう痛ないけどな」と目を伏せて煙草に火を点けました。けぶたい煙がその時は妙に落ち着く心地がしたのを覚えています。父や母が吸う煙草の臭いは大嫌いだったはずなのに。

おっちゃんはいつも暇そうでした。いつ行っても店先でぶらぶらしていました。お婆さんはおっちゃんのことが迷惑そうで「ほんま商売あがったりやわ」と文句を言っていました。おっちゃんは気にする素振りもなく、私の頭を撫でると「ちょっと歩こか」と通りを進んでいきます。行き先はたいがい河原を見下ろす土手でした。途中でアイスキャンディーや駄菓子を買って、芝生に座って草野球なんかを眺めながら「ほれ」と与えてくれます。おっちゃんは煙草ばかり吸っていました。通行人に急にすごむことはありましたが、幼い私は彼が好きでした。おっちゃんだけは私の黒いランドセルを笑いませんでしたから。「格好ええやんけ」と親指を突きだしてくれました。

そして、おっちゃんといると誰も私をからかってきませんでした。いつも粘っこい目で見てくる人も、私たちから目を逸らします。なぜかと問うと、おっちゃんは得意げに言いました。

「人も動物やからな。怖いもんとは目を合わせへん」

「みんな、おっちゃんが怖いの?」

「そうや。こんだけ墨入れとる奴はなかなかおらへんからな。筋彫りの痛みで逃げる奴もおるし、根気も金もいる。たいがいが中途半端な仕上がりや」

おっちゃんの刺青への入れ込みは相当のものでした。虫垂炎で病院に運ばれた際、刺青に傷がつくからと手術を断って帰ろうとした話は有名でした。脂汗を流すほどの激痛だったというのに。結局、ベテランの医師が、おっちゃんの腹に入ったひょっとこの刺青の、手拭いの線に沿って切開して、傷痕が目立たないようにしてくれたそうです。おっちゃんはその医師のことを心から慕っていて、事あるごとにその手術の話をしては、服をめくってひょっとこを見せてきます。

私も刺青を入れたい。話を遮って頼むと、おっちゃんは「子供はあかん」と首を横に振りました。

「親不孝やから？」

「ちゃうわ。もう育たんってくらいに大きなってからやないと絵柄が伸びるからや。自分の身体のことに親は関係あらへん。なんやかんや言う奴がおっても聞かんでええ。所詮は他人や。自分の身体のことは自分にしかわからん」

正直言って、その時は突き放されたような寂しさを感じました。私がまだ子供で、自分がどうなりたいか、わからなかったからでしょう。賛成でも反対でもいい、私はおっちゃんに決めてもらいたかったのです。

おっちゃんと離れると、人の視線が絡みついてきます。最初は私の黒いランドセルのせいかと思いましたが、違いました。みんな私の顔を見ていました。特に男の人の目が執拗でした。猫撫で声で近寄ってくる人もいます。その目に見つめられると、動けなくなるのです。私を見る男の人の目の中に、私は閉じ込められてしまいます。私はその小さな私と見つめ合います。小さな私は男の人と同じ顔をしています。空っぽで、温度がありません。

あれが、とても嫌でした。

女の人はまた違う目で見ます。汚いものを見るような、それでいて小馬鹿にした笑いを浮かべ、ひそひそと陰口を叩くのです。お婆さんも一度、私を舐めるような目で見て、「ちっこいくせに女やな。媚《こ》びるしか能のない顔しとるわ」と言いました。

「黙っとれや！」と、おっちゃんは一喝しました。身体にびりびりと響く声で、その時ばかりはお婆さんも黙ってしまいましたね。いい気味と私は思いました。

大きくなったら、おっちゃんのように青く美しい傷を纏い、人を威圧できる存在になりたいと願いました。

ええ、刺青は私にとって美しいものでした。もちろん禍々《まがまが》しさもあります。けれど、おっちゃんと私を守る鎧《よろい》のように思えました。

両親は私がおっちゃんと過ごすことに良い顔をしませんでした。特に母は「傷もんにされるで」「売りとばされるかもしれん」と眉間に皺を寄せて、会うことを禁じました。「あんたみたいな娘は男には気をつけなあかん」と事あるごとに言います。私みたいな、とはどういうことなのか、私にはわかりませんでした。私はひと目をひく自分の顔が嫌いでした。

時々、おっちゃんは女の人を連れていました。髪の長い女の人で、いつも怠《だる》そうにおっちゃんに寄りかかっていました。そのうち、おっちゃんはその女の人と暮らしはじめました。女の人は夜の店で働いていました。「昼間は寝かせとかなあかん」とおっちゃんは言い、相変わらずぶらぶらと暇そうに河原を歩いていました。

ある日、いつものように教室で誰もいなくなるのを待っていると、新しい担任がやってきました。やたらに私を構う男性の先生でした。私の下の名を呼びながら後ろ手で扉を閉めます。その目を見た瞬間、私は動けなくなりました。先生の目の中の小さな私に、ずんぐりした手が伸びていきます。それを、ただただ眺めるだけでした。

そういうことは時折ありました。男の人に身体を触られたと母に言っても、「あんたが悪い」と叱られることはわかっていました。でも、先生にしつこく舐められた顔も首も臭くて、気持ちが悪くて、私は泣きながらおっちゃんのいる河原へ走っていきました。

「おう、どうしたんや」と笑っていたおっちゃんは、私の話を聞くと顔色を変えました。

「ああ?」

凄い形相でした。おっちゃんの背中の不動明王にそっくりでした。「そいつ殺したる」と呟くと、私を置いて小学校の方へ駆けだしました。あっという間におっちゃんの背中が小さくなって、私はさっきより激しく泣きました。とても怖かったのです。おっちゃんが誰かを傷つけたら、私のせいだと思いました。

小学校の門を入って、校庭の半分ほどを過ぎたところで、職員室のガラス窓が中から割れておっちゃんの怒鳴り声が聞こえてきました。大きな獣が吼《ほ》えているようでした。パトカーがやってくるまで私は震えながらうずくまっていました。

警察に連れていかれたおっちゃんはしばらく帰ってきませんでした。私に触った先生はおっちゃんに殴られ、頭を打ち、何針か縫ったそうです。休職した後に戻ってきましたが、眉の下に、もやしのひげのような傷が残っていました。その傷痕を見つめても、彼が私を見返すことはありませんでした。

河原でおっちゃんを待っていると、見たことがある長い髪の女の人がやってきました。女の人は大きな欠伸をして、「あの人から伝言や」と言いました。「気にすんな、お前のせいやない」それだけでした。女の人はすぐに背を向けました。ありがとうございます、と叫んでも振り返りもしませんでした。

私が中学生になった頃、ようやくおっちゃんが河原に姿を見せるようになりました。前ほどは頻繁ではありませんでした。おっちゃんは土建屋で働くようになったのです。

件《くだん》の女の人と所帯を持ったせいだと噂で聞きました。中学生になった私はますます男の人から見られるようになりました。男の人ばかりではありません。クラスの男子や同じ中学や他校の先輩、不良っぽい高校生が校門で待っていることもしばしばでした。女の子からは距離を置かれ、生意気だと先輩女子に頻繁に呼び出しを受けました。私は目が隠れるくらい前髪を伸ばし、いつも下を向いて歩いていました。

高校はどこか遠くの、誰も知っている人がいないところへ行きたい、と母に頼みました。父はよそに女の人を作り、ほとんど帰ってこなくなっていました。父の浮気が発覚してから母はますます私に冷淡になった気がします。母の返事は、そんな余裕はない、中学を卒業したら働いてもらう、でした。私より勉強のできない兄は高校に通っているというのに。「あんたはええやろ、器量良しやからすぐ誰かがもらってくれるわ」と母は平然と言いました。誰か。私は一生、私を下卑た目で見つめる誰かの目の中に、閉じ込められて生きなくてはいけないのかと息が苦しくなりました。

容姿を生かし女優とかアイドルとか華やかな職業に就くことなんて想像もできませんでした。だって、私は私の顔がまるで好きではなかったのですから。どれだけ褒めそやされたって、自分が自分を認められないと賛辞は届きません。私はずっと心から笑うことができませんでしたし、そういう人間の表情は暗いものです。「あの子、顔だけやし」と笑う女の子たちの方がずっと生き生きしていましたし、陰口は当たっていました。私に近づいてくる人は、しばらく経つと離れていきました。つまらなかったのでしょうね。おっちゃんだけは違いました。私につきまとう男の人や不良はおっちゃんが追い払ってくれました。

中学を卒業してからは、家から通える工場で働きました。一日中、ベルトコンベアを流れてくる大福や菓子パンの検品をしていました。大学に進学した兄の学費のために給金はほとんど母に取られてしまいます。手元にはわずかしか残りません。それでも、化粧もお洒落《しゃれ》もせず、遊ぶこともない私は少しずつお金を貯めることができました。

働きだしてからおっちゃんと会うことは減りました。時々会うおっちゃんの髭には白いものが混じってきました。冬の河原は寒くて腰にくる、と言うようになりました。それでも、おっちゃんの刺青は青黒い、ぬめりとした光沢を保っていました。まるで刺青がおっちゃんの若さを吸い取っていくようでした。

不吉な予感が当たったのでしょうか。しばらく会っていなかった冬の間におっちゃんは逝ってしまいました。建築現場で足を滑らせて頭を打ち、血もでず瘤《こぶ》もできなかったのですが、休憩中に煙草を吸ったまま目をぐるんとまわし事切れたそうです。あまりにもあっさり訪れた死でした。そのせいか、おっちゃんの死よりも、その後に起こったことの方が噂になりました。

「あの女、親に死に顔も見せんと皮を剝ぎおったわ！」

すっかり小さくなったおっちゃんのお婆さんが高架下の商店街でそう叫んだのです。なんでも、有名大学の医学部に刺青を収集している先生がいたそうで、おっちゃんの皮はその先生に売られてしまったとのことでした。頭から足まで皮を剝がれたおっちゃんは誰かわからない姿になっていたのでしょう。すぐに燃やされてしまったそうです。

おっちゃんと暮らしていた女の人は「皮剝ぎ女」と謗《そし》られました。「ふてぶてしい女やからな、平気な顔して歩いとったわ」と、女の人を見かけた母は言いました。けれど、女の人が働く店はスプレーで落書きされ、おっちゃんと彼女の家の窓ガラスは一枚残らず割られていました。

私はおっちゃんの死を受け入れられませんでした。あの、生傷のように鮮やかな刺青がまだこの世のどこかに存在しているのに、おっちゃんだけがいないなんて、そんなことあるはずがないと思いました。

休みの日は河原に行きました。桜が散って、暖かくなっても、おっちゃんは来ませんでした。いつも暮れるまで土手に座っていました。喋らず一人でじっとしていると世界に押し潰されそうな気分になりました。

ある日、待ち疲れてうとうとしていた時、頰に暖かみを感じました。顔をあげると、炎を背負った不動明王が歩いてきます。おっちゃんの背中に描かれていたような凄い顔をして、まっすぐこちらを睨んでいます。

「おっちゃん」

思わず、そう呟いていました。真っ赤に染まった不動明王は、凄《すさ》まじい形相のまま「寝ぼけとんのか。あいつには似てへんやろ」と言いました。ひやりとした夕暮れの風が吹き、やっと頭がはっきりしました。

夕陽を背にして、おっちゃんの女の人が立っていました。

「ここしか心当たりがなかったし良かったわ」と女の人は言って、引きずっていたトランクを開けました。札束が見えました。女の人はそのうちの二束を摑むと、「手ぇだし」と言い、私の左右の手に一束ずつ置きました。音をたててトランクを閉じ、「ほな」と立ちあがります。

「これ、なんですか？」

慌てて私も立ちあがりました。女の人は「あいつの皮を売った金や。あんたにもやるわ」と私を見下ろしました。言葉がでませんでした。黙って首を横に振ると、「もらっとき」と声が降ってきました。

私はまたも首を振りました。女の人は舌打ちをすると、「あいつはあんたが思っとるような奴ちゃうで」と言いました。

「あんた、刺青がどんだけかかるか知っとるか。凝ったもんやと背中だけで三年、何百万もかかるんや。それが全身やで、想像してみい。あいつ、ふらふらして働いとらんかったやろ。どうしてたと思う？　女に貢がせてたんやで。彫り終わったかて、刺青は十年も経てば色褪せてみすぼらしゅうなる。刺しなおしのたびに金が要る。払ってたんは、うちや。あいつの稼ぎなんて暮らしていくだけでやっとやったしな。せやから、死んだあと、皮を売ったかて、なんやっちゅうねん。どうせ燃えてしまうんや」

すごい剣幕でした。私は口ごもりながら最後にひと目でも死に顔を見たかったと伝えるのがやっとでした。女の人はふっと表情をゆるめました。

「それは悪かったな。けど、時間が経つと皮膚に死斑《しはん》ちゅうもんが浮いてくるんやて。やから、なるべく早く剝がんといかんと偉い先生に言われたんや。あいつかて、きれいなまんまで遺したいやろ」

それを聞いて、女の人がおっちゃんの皮を剝いだのではないことにほっとしました。思えば、おっちゃんが生きている時から、死んだ後の皮は大学に渡ることになっていたのかもしれません。だとしたら、おっちゃんの意思によるものだったのでしょう。

それでも、もらえない、と私は言いました。女の人は追いすがる私を突き飛ばして「もらっといたらええねん」と怒鳴りました。

「あいつがあんたに優しかったんはな、あんたが子供やったからや。育って女になったら利用価値があると思ったんやろ。今のあんたやったらな、骨の髄までしゃぶりつくされてたわ」

吐き捨てるように言い、女の人は去っていきました。女の人が見えなくなると、私は両手に札束を握りしめて土手を歩きました。その日の夕陽はやけに赤くて、川面は燃えるようでした。家に帰って、貯金通帳と身のまわりのものをボストンバッグに詰めて町を出ました。

いつかお金が貯まったら刺青を入れるつもりでした。けれど、そのお金を使って私は目を一重にしました。「愛らしい」「かわいい」と男性に舐められ続けた二重の丸い目を捨てて、きりりとまなじりのつりあがった凄みのある一重を手に入れました。おっちゃんの不動明王のような、格好いい目つきになったのです。

二重を一重にする人がいるのかって？　いますよ。千人に一人くらいらしいですけど。それくらい美しさの基準は偏っているものなのですね。鼻も変えたかったのですが、その時はできませんでした。なんでも鼻の第二次性徴というものがあるそうで、だいたい十代後半くらいで安定するらしいのですが私はちょっと遅かったみたいです。それが終わらないとメスは入れられないということでした。

残ったお金と貯金を使って私は夜間学校へ通いました。昼間は働いて、介護福祉士の資格を取りました。あの選択は良かったと今も思います。目を一重にしただけで、ずいぶん生きやすくなりました。眉を太くし、鼻を削り、頬骨を尖らせ、顔が変わっていくたびに私に向けられる視線は少なくなっていきました。ただ、刺青と同じで、維持するのにもお金がかかるのです。シリコンの鼻は数年で歪んでしまいました。生きている人の身体には異物を排除しようとする機能があるみたいです。今の鼻は自分の腰骨を削って作ったものです。でも、これもずっとは持ちません。一度でも身体を変えたら、死ぬまでその傷を更新していかなくてはいけないのです。手に職がなかったら、女を使った仕事をしなくてはいけなかったでしょうね。

手術はどれも痛かったですよ。麻酔が切れると眠れないほどで、顔はぱんぱんに腫れあがります。色もひどいものです、あおたんどころではありません。細胞のひとつひとつが悲鳴をあげているのがわかります。熱と痛みに朦朧《もうろう》としながら、初めておっちゃんの言っていたことがわかりました。自分で選んだ痛みに耐えることで、私は私になれたのです。

一度だけ、実家に帰ったことがあります。母が危篤だと兄から報《しら》せを受けたので。大腸がんでした。痩せ細った母は私を見ると、布団に横たわったまま「えらいぶっさいくになったなあ」と笑いました。「そうか？　格好ええ、の間違いやろ」と私は答えました。それが母と交わした最後の会話になりました。

あれ以来、西の言葉は使っていません。

長い話になりました。これでよかったでしょうか。

いいえ。違う自分になりたかったから整形をしたわけではありません。そうですね、今は整形ではなく美容形成というのでしたね。でも、名称なんてする人にとっては関係ありません。一般の手術と同じだと私は思っています。しなければ死んでしまうから、するのです。それが魂か身体かの違いくらいで。わかりやすい答えを求めてインタビューしていらっしゃるのでしょうけど、そこには理由ではなく、物語があるのだと思います。

美しい顔をわざわざ醜くする女がいることが信じられませんか。では、刺青は誰もが美しいと感じるものでしょうか。誰もに認められるものでしょうか。一般的な美とは違っても強烈に惹《ひ》かれる人はいます。

さっきも言ったように、私は私になりたかったのです。これが本当の私です。そして、この顔は私にとっては美しいものなのです。おっちゃんの刺青のように、人を威圧することができる強い、格好いい顔です。ただ、あの炎を背負った不動明王と私の顔が似ているのかは、もう確かめようもありませんが。

あの刺青を探そうとは思いません。携帯電話もなかった頃ですからね、おっちゃんの女の人の連絡先も知りませんし。なにかで読んだのですが、皮がなめされてしまうと刺青は元の墨の色に戻ってしまうそうです。あの青は生きた肌の上でこそなのでしょう。

おっちゃんの魂の色は、今も私の中であおあおと燃えています。それは私が生き続ける限り消えることはないのです。

まぶたの光

あぶくが鳴る。からだの中と外で。

耳の中でどくどくいう血管とあぶくの音が混じりあって、あたしと水のさかいめが溶けていく。もっと、潜る。

鼻から息を抜き、プールの底にお腹がふれそうなくらい潜ると、くるりとからだを回転させた。

水の底に仰向けになって、目をうすくあける。水面で揺れる光がまぶたのすきまから入ってくる。

光は裂けめ。ひらいたところからあふれていく。

にじみ、ゆらめく、視界。光の底に沈んでいるみたい。

あたしが初めて見た景色はこんなふうだったんじゃないかって、いつも思う。思いたくて、水に潜る。生まれなおしたみたいに、まっさらな気分になれるから。

ぼやぼやと光にゆがむ世界を眺めながら浮上していく。ぽかっと水に浮かんだ途端、塩素のにおいが鼻にとどく。あぶくの音も、自分の音も消える。水の膜がなくなった世界は輪郭がはっきりとして、光はおとなしくなる。

瞬《まばた》きを、する。このまぶたに傷をつけてくれたひとのことをおもう。あのひとのおかげで、あたしの目は世界を映している。

「また泳いでるー」

由香里の声が降ってくる。顎をのけぞらすと、入道雲の間からのぞいた太陽がぎらっと目を刺して、スタート台の上に立つ裸足の足と制服のスカートが逆さに見えた。

「部活、引退したんじゃないの？　夏期講習もさぼってさあ。一緒に都内の高校いこうって約束したじゃん」

顔は見えなかったけれど、由香里が口を尖らせているのはわかった。ときどき、考える。見えなくても伝わってくることは、いままで見てきたものを脳がなぞっているだけなのか、それとも視覚に関係なく感じとれる機能が人にはあるのか。

「引退したよ。だから、泳いでない。浮かんでいるだけ」と脚で水面を叩く。水しぶきに由香里が悲鳴をあげる。

「ちょっとやめてよー」

「由香里もおいでよ」

「灼けるし、メイクとれるからいや」といつもの返事。仕方なく、プールの縁に両手をついて水からあがる。ずんっとからだの重さが戻ってくる。

「そういえば、田淵《たぶち》ってプール授業のあとメイクしてるらしいよ。男子が言ってた」

片手に持った白ソックスをくるくるまわしながら由香里が言った。誰だっけ、と記憶をさぐると待合室のレモン色のベンチに腰かける大柄な男子が浮かんだ。

「男子がメイクしたっておかしくなくない？　校則とか言うなら、由香里もしてんじゃん」

「えー、田淵だよ！　メイクするような顔じゃなくない？」

「アイドルみたいな顔じゃなきゃ、きれいを目指しちゃいけないってこと？」

由香里だってアイドル顔でも女優顔でもないじゃん、と言いかけて、やめた。やさしさではなく、めんどうくささで。別に田淵が化粧しようがしまいがどうでもいい。「そういうのってどうなの」とは言った。

「でもさあ、田淵って女子ともつるまないし、野球の話ばっかしてるじゃん。コスメとかファッションとかぜんぜん興味なさそうだから噂されんじゃないの」

由香里がへらっと笑う。「軽く言っただけじゃん」とか「みんな言ってるし」とか口にするときの笑い。

「あたしもメイクするようになったらそうやって噂されるのかな」

顔をそむけて言ったのに、由香里は「え、する気になった？　買い物いこうよー！」

と甲高いはしゃぎ声をあげた。

「今日は一緒に帰れないから」と熱いプールサイドに濡れた足跡をつけながら更衣室へ向かう。「なんでー、駅前に新しくできたジェラート屋も行きたかったのに」と由香里がついてくる。

「今日は無理」

そう言うと、由香里は「もしかして」とにやにやあたしをのぞき込んだ。「彼氏、できた？」

水泳帽をぬいで、びゅっとふる。「やっ」と由香里が離れた。

「なんで彼氏なの」

「じゃあ、彼女？」

またね、と笑って、更衣室のドアを閉めた。ちょっとカビ臭い暗闇の中、手探りでタオルを探す。目の奥で光がちかちかと揺れていた。

光は残る。あたしの目が光を知らなかったころ、きっと暗闇は完全な姿をしていたのだろう。そんなことを考えながら、肌にはりついた水着をはぐようにして脱ぐ。

学校からバスに乗り、急行が停まる大きめの駅まで行く。

同じ制服の子がいない車内はなんだか気持ちがいい。

今日は半年に一度、さやちゃん先生に会える日。ほんとうは一年に一度の診察でいいらしいけれど、心配したお母さんがお願いしてくれたおかげで、年に二回会える。電車に乗って、渋谷へ向かう。渋谷だなんて言ったら、由香里は目の色を変えてついてくるので話したことはない。さやちゃん先生に会うときはお母さんだって邪魔だ。

さやちゃん先生は、あたしの手術をしてくれたひとだ。といっても、あたしはまったく覚えていない。

あたしはまぶたがうまくひらかない赤ちゃんだったらしい。先天性眼瞼《がんけん》下垂という、中学生になったいまでもスマホで調べないと漢字で書けない病名で、まぶたをあげる筋肉や神経の発達異常が原因らしい。片目だけの子がほとんどらしいけど、あたしはめずらしく両目だった。

手術でまぶたはひらくようになる。ただ、三歳くらいまでに視覚刺激がないと目の機能が発達せず、生涯「視る」力がひどく弱くなったり失われたりする可能性があるそうだ。「目は赤ちゃんのときに光をたくさん入れてあげないと育たないの」と、さやちゃん先生が教えてくれたことがある。

でも、それはすべて後から知ったことで、三歳の小さなあたしはなにもわからないまま全身麻酔で手術を受けた。さやちゃん先生はあたしの薄い眉毛の下にトンネルをつくって、額の筋肉と上まぶたをつなげた。足りない筋組織はふとももの筋膜からとった。

そのせいで、あたしのふとももの内側には目をこらさなくてはわからないくらいの傷がある。でも、小学生のときにカッターで切った手の傷のほうがずっと目立つ。まぶたにあるはずの手術痕なんて探しても見つけられない。「まつ毛のラインでメスを入れるから普通はわからないよ」とさやちゃん先生は言う。

なのに、お母さんはときどきあたしのまぶたを見ている。明るい場所であたしが昼寝をしているとそっとのぞき込んでくる。寝顔じゃなくて、まぶたを見ている。その気配を感じると、すうっと眠りから意識が浮きあがってくる。太陽の光の下で、しらじらした照明の下で、まぶたに傷がないか、おかしなところがないか、お母さんが息を殺して探している。まぶたにそそがれる視線を感じながらあたしは寝たふりをする。

電車を降り、人の群れに流されないよう改札を抜け信号を渡る。スクランブル交差点のモニターから派手な音が流れてくる。キラキラした服やアイドルグッズを売る店が入っているファッションビルに背をむけて、大きなガラス張りのオフィスビルに向かう。透明な自動ドアが開くとエアコンの冷たい空気に包まれて、暑さと一緒にまとわりつくような騒がしさも遠のいた。エスカレーターに乗りながら息を吐く。途中の階で降りて、チェーンのコーヒーショップをのぞいた。

スーツ姿の男性や女性しかいない。それぞれ打ち合わせしたり、スマホをいじったりしながらコーヒーを飲んでいる。うるさい女子高生はいないから入りやすい。奥の壁際の席に水色のパジャマみたいな服が見えた。

さやちゃん先生だ。今日の昼間は手術の予定だったことを知っている。手術のあとは甘いものが欲しくなることも知っている。さやちゃん先生は青い上下の手術着のまま、クリームがもりもりのった紙コップを両手で包んでぼうっとしていた。ずうっと変わらない横顔。どこを見ているかわからない目。あたしよりずっとずっとおとななのに、由香里よりこどもに見えるときがある。

「さやちゃん先生」

横に立って声をかけると、さやちゃん先生はゆらっと頭を傾かせてあたしを見た。ぼんやりした目があたしをとらえて、顔がはっとこわばる。

「わ、もう外来時間？」

立ちあがりかけたさやちゃん先生の向かいの椅子をひいて座る。

「ううん、早くきたの」

リュックからだした炭酸のペットボトルに口をつける。もうぬるくなっていた。

「そっか、夏休みだから」

さやちゃん先生がほっとした顔をする。「よく灼けているね」と笑う。あたしが小学生のころは笑いながら頭を撫でてくれたけど、もうしない。

「朝と夜しか外に出ないからわかんなくなっちゃった」

さやちゃん先生はそうつぶやくと、入道雲みたいな飲み物から突きでたストローをくわえた。増量されたキャラメルソースが生クリームに沈み込んでいる。そのクリームもストローで吸おうとして、ずぼぼぼ、と変な音がなる。あたしが笑うと、さやちゃん先生も恥ずかしそうに笑った。結びきれずに顔の横に落ちた髪に生クリームがつく。頭のてっぺんの毛もほけほけしている。あたしがさやちゃん先生を撫でてあげたいな、と思う。

思うけど、手はのばさない。「じゃあ、あとで」とわざと明るい声で言って立ちあがる。疲れているさやちゃん先生をひとりで休ませてあげたい。ここで休憩しているのを知ってから、あたしとさやちゃん先生はずいぶん親しくなったけど、やっぱりあたしはさやちゃん先生の患者なのだ。

「はい」と頷いたさやちゃん先生は眠そうで、でも声はおとなだった。

病院の入っているフロアは白い。ビルの上の階にあるから太陽が近いのか、いつも眩しい。待合室に向かうひろびろとした廊下は壁がぜんぶガラス窓なので、白い光の中にいるよう。

歩きながら目をとじて耳に集中する。あぶくの音がからだのうちから響きだす。まぶたを透かして光が入ってくる。冷房がきいているのに熱を感じるくらいの光。ああ、大丈夫だと安心する。検査をしても、きっと大丈夫。

待合室にはかわいい色のベンチが並んでいる。でも、座るおとなたちの顔はけわしい。おとなのそばにはだいたい小さなこどもや赤ちゃんがいて、ぼんやりした顔をしている。休憩中のさやちゃん先生みたいな顔だと思う。自分の身におきることをただ受け入れるしかできない顔。

ここは特別なこども病院だから、あんまりあたしみたいにひとりできている子はいない。経過観察が必要な病気の子はおとなになっても通い続けるみたいだけど、高校生になってもこども病院は嫌だなとあたしは思う。でも、ここにこないとさやちゃん先生には会えない。ジレンマってやつだ。

診察券と保険証を受付に渡し、どのベンチにしようか見まわすと、大きなからだを縮めるようにして田淵が座っているのが目に入った。やっぱり、と声がでる。半年前、ここで見かけた。ちょうど、あたしたちの学校が創立記念日で休みだった日だ。

田淵も半年に一度の通院なのだろう。もしかしたら、さやちゃん先生の患者なのかもしれない。胸がちりっとする。田淵はうちのクラスで一番背が高く、声も低い。あたしよりもおとなに近い。しかも、男子だし。

見ていると、田淵が顔をあげた。反応が遅れて目があってしまう。気づかないかと思ったのに、田淵は口を「あー」というかたちであけた。仕方なく、近づいて「ぐうぜん」と声をかけた。

難しい病気か怪我の子しかこの病院にはこない。地方の病院では治療ができないと判断された子がここを紹介されてやってくる。都会にあるのは由香里が憧れるようなものばかりではないのだ。田淵はクラスでは健康そうに見えた。きっとあたしもだろう。だから、驚いた顔をしたのだ。

意外、とか言われたら嫌だなと思ったが、田淵は「俺、会計待ち」とだけ言った。さやちゃん先生の患者じゃないと知ってほっとする。

「へえ、早いね」と隣の明るいグリーンのベンチに座る。田淵の膝の上に本があった。半分がモノクロ写真で、なにげなく見てぎょっとする。

顎がえぐれた男性の写真だった。下の歯はなく、ばらばらになった前歯が突きでている。口を閉じられないせいか、首はよだれで濡れていた。

「びびるよな」

あたしの目線を追った田淵が言った。でも、本は閉じない。よく見ると、写真はプリクラのように連なっていて、次の写真ではチューブのようなものが顎につけられ、その次は顎のあった部分に瘤のように肉が盛りあがり、下唇ができ、最後はケロイドはあるものの顔の輪郭にそった顎ができていた。

「これは第一次世界大戦の戦傷者の治療で、形成外科の本」

田淵が低い声で言う。

「せんしょうしゃ」

「戦争で傷を負った人のこと」

田淵がページをめくる。次の写真の人は顔の中央に穴ふたつのくぼみができていた。鼻がつくられていく写真が続く。

「うちのひいじいちゃんは、肩を撃たれた傷痕を名誉の星って言ってたらしいけどさ、これは違うよな」

ひとりごとみたいに田淵が言った。どの写真も、人を人とも思わないような怪物に潰された傷に見えた。傷という言葉ではなまぬるい。なんだろう、と探して、欠損だと気づく。大きな欠けがからだにあった。正直、モノクロ写真で良かったと思った。

「キモとか言わないんだな」

「言えないかな」

田淵がこちらを見た気配がしたので、「なんでそんなの読んでるのとは思うよ」と言った。

「あー」と田淵は頭をかいて、「医療ってすげえなって思って」と天井と照明以外なにもない上のほうを見た。「こんだけぐちゃぐちゃになっても治るんだと思うと安心すんだよね」

少し黙ってから、「そうだね」と答えた。

「俺さ、赤んぼのとき、火傷したらしくて手がこう、ぎゅっと握ったままくっついちゃったんだって。それをここでひろげて、腹からとってきた皮膚を移植したんだって」

ひらひらと手をふる。お父さんみたいに大きな手だった。

「だから腹に傷あんの。皮膚をとった痕。傷っていっても白い線だけど」

――手術ってね、もう一度、傷をつけることなんだよ。

いつか、さやちゃん先生が言っていたことを思いだす。

「顔にも火傷の痕があってさ」

「え、ぜんぜんわかんない」

初めてしっかり顔を見た気がした。田淵はにっと笑うと、「メイクで隠してんだよ」と言った。「メイクアップセラピストの診察受けにきてんだ」

「そんなのあるんだね、知らなかった」

「俺もはじめて言った」

田淵は本を閉じて背もたれにからだをあずけた。山のてっぺんに登ったような顔で伸びをする。

「俺は別に隠さなくてもいいんだけど、親がね、自分のせいだって思っちゃうからさ」

ぎくりとした。伝わった気がする。

それからはほとんど喋らず、あたしはスマホでメイクアップセラピストを検索した。会計に呼ばれると、田淵は「じゃ」と短く言って立ちあがった。最後まで田淵はあたしの通院理由を訊かなかった。

田淵がいなくなると、あたしはトイレにたった。鏡にうつる自分の顔を見つめる。目はひらいている。あたしのまぶたはさやちゃん先生がつくってくれたきれいな二重。

待合室を出て、白い廊下を走る。片腕を包帯で巻いた五歳くらいの子があたしを見ていた。エスカレーターを降りて、むわっとした渋谷の街に立つ。

診察の時間まではあと十分ある。

白いカーテンで仕切られた診察室に入る。

さやちゃん先生があたしの名を呼んで、「どうぞ」とちっとも座り心地のよくない椅子をすすめる。

「気になることはありませんか」と先生らしい声で言う。検査結果をゆったりと話す。白衣を着た先生らしいさやちゃん先生も、休憩中のちょっとぬけたさやちゃん先生も、どっちも好き。

「もう十二年かあ」と、どっちともつかぬ顔でさやちゃん先生がつぶやく。

あたしはさやちゃん先生にとって初めてのまぶたの手術の患者さんだったという。怖くなかったの、と一度訊いたら「そりゃあ、怖かったよ。でも、いつも怖いものだから」とさやちゃん先生は笑った。人のからだに傷をつける行為だからねって。

あたしはそのとき、嬉しかった。あたしの目がさやちゃん先生につけられた傷だと思うと、なんだかどきどきした。あたしの光あふれる世界はさやちゃん先生がくれた傷でできている。

でも、お母さんはいつも不安そうだ。あたしが成長してからまたまぶたが下がってこないか、筋肉や神経の病気が見つからないか、お母さんはずっと心配している。だから、あたしはお母さんの前ではまぶたをこすれない。まぶしいときも、眠いときも、目をぱっちりとあけている。あたしが怖いのは、あたしの傷を知ってしまった人の目。

こんな風に産んじゃってごめんね、と謝られること。謝らないで欲しい。だって、そのおかげであたしはさやちゃん先生に出会えたのだから。

「次は……」と言いかけたさやちゃん先生の言葉を「さやちゃん先生」とさえぎる。

「お願いがあるの」

なあに、と首を傾げる顔がかわいい。あと何年たったらおとなのひとに「かわいいね」と伝えてもいいのだろう、と思いながら、さっきドラッグストアで買った茶色いアイライナーをだす。あとオレンジ色のきらきらしたアイシャドウ。なにか甘いもんでも買ってきていいよ、とお母さんに渡されたお金で買った。初めてまぶたにのせる色は光る明るい色が良かった。

「これ、目の上にひいてほしいの」

さやちゃん先生はちょっとびっくりした顔をして、それから笑った。「お年頃だねえ」と言って、ころころがついた椅子を低く鳴らしてあたしに近づいてくる。「うまく描けるかなあ、最近メイクぜんぜんちゃんとしていないから」と白衣の腕をまくる。

「下手でもいいよ」と目をつぶる。

まぶたを透かして白い光が入る。さやちゃん先生の息がかすかに顔にかかる。

あたしの初めてはぜんぶ、あなたがいい。

初出

竜舌蘭　「すばる」二〇二二年一一月号
結露　「すばる」二〇二二年一二月号
この世のすべての　「すばる」二〇二三年一月号
林檎のしるし　「すばる」二〇二三年二月号
指の記憶　「すばる」二〇二三年三月号
グリフィスの傷　「すばる」二〇二三年四月号
からたちの　「すばる」二〇二三年五月号
慈雨　「すばる」二〇二三年六月号
あおたん　書き下ろし
まぶたの光　書き下ろし

単行本化にあたり、連載タイトル「傷痕」を改題しました。

装丁　大久保伸子
写真　石内 都
©Ishiuchi Miyako「Scars#36」
Courtesy of The Third Gallery Aya

千早 茜（ちはや・あかね）

1979年北海道生まれ。幼少期をアフリカで過ごす。
立命館大学文学部卒業。2008年『魚神』で
第21回小説すばる新人賞を受賞し、デビュー。
翌年、同作にて第37回泉鏡花文学賞を受賞。
13年『あとかた』で第20回島清恋愛文学賞、
21年『透明な夜の香り』で第6回渡辺淳一文学賞、
23年『しろがねの葉』で第168回直木賞を受賞。
『ひきなみ』『赤い月の香り』『マリエ』
食エッセイ『わるい食べもの』シリーズなど著書多数。

グリフィスの傷《きず》

2024年 4月30日 第1刷発行
2024年 8月14日 第3刷発行

著 者 千早 茜《ちはやあかね》
発行者 樋口尚也
発行所 株式会社 集英社
〒101-8050 東京都千代田区一ツ橋2-5-10
電話 03-3230-6100(編集部)
03-3230-6080(読者係)
03-3230-6393(販売部)書店専用

印刷所 大日本印刷株式会社
製本所 加藤製本株式会社

©2024 Akane Chihaya, Printed in Japan
ISBN978-4-08-771865-2 C0093

定価はカバーに表示してあります。

造本には十分注意しておりますが、印刷・製本など製造上の不備がありましたら、お手数ですが小社「読者係」までご連絡下さい。古書店、フリマアプリ、オークションサイト等で入手されたものは対応いたしかねますのでご了承下さい。

本書の一部あるいは全部を無断で複写・複製することは、法律で認められた場合を除き、著作権の侵害となります。また、業者など、読者本人以外による本書のデジタル化は、いかなる場合でも一切認められませんのでご注意下さい。

集英社　千早茜の小説

集英社文庫

透明な夜の香り

元・書店員の一香《いちか》は、古い洋館の家事手伝いのアルバイトを始める。そこでは調香師の小川朔《おがわさく》が、幼馴染の探偵・新城《しんじょう》とともに、客の望む「香り」を生みだしていた。どんな香りでも作り出せる朔のもとには、風変わりな依頼が次々と届く。やがて一香は、人並み外れた嗅覚を持つ朔が、それゆえに深い孤独を抱えていることに気付いて——。香りにまつわる新たな知覚の扉が開く、第6回渡辺淳一文学賞受賞作。

（解説／小川洋子）

集英社　千早茜の小説

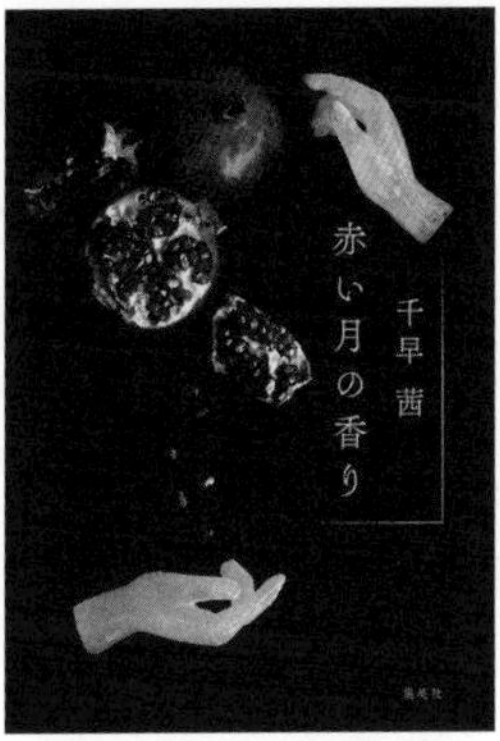

赤い月の香り

カフェでアルバイトをしていた朝倉《あさくら》満《みつる》は、客として来店した小川朔に、洋館に働きにこないかと勧誘される。卓越した嗅覚を持つその調香師の存在に興味をひかれ、雇われることになった満だが、香りにまつわるさまざまな執着を持った依頼人の欲望に向き合ううちに、朔が自分を仕事に誘った本当の理由を知る……。香りを文学へと昇華させた、『透明な夜の香り』に続くドラマティックな長編小説。

文芸単行本

集英社　千早茜の小説

魚神《いおがみ》

遊女屋が軒を連ねる小さな島で生きる、美貌の姉弟。姉は女郎として、弟は裏華町の男娼を経て、薬売りとして暮らしている。二人の運命は島の「雷魚伝説」と交錯し——。小説すばる新人賞・泉鏡花文学賞受賞作。

（解説／宇野亜喜良）

集英社文庫

おとぎのかけら

新釈西洋童話集

「白雪姫」「シンデレラ」「みにくいアヒルの子」……。誰もが知っている〝西洋童話〟をモチーフに、いまを生きる人々の物語を紡ぎだす。耽美な文章と鮮烈な描写が光る、現代のおとぎ話7編を収録した短編集。

（解説／榎本正樹）

集英社文庫

集英社　千早茜の小説

あやかし草子

集英社文庫

鬼、ムジナ、天狗、龍、幽霊、座敷童子。あなたを異世界へいざなうこの世ならざる者たちの物語から浮かび上がるのは、人間の〝業〟や〝割り切れなさ〟。民話や伝承をベースに、繊細な筆致で描く、哀しくも美しい短編集。（解説／東直子）

人形たちの白昼夢

集英社文庫

〝嘘をつけない男〟と〝嘘しか口にしない女〟が出会い、物語は動き出す。料理を口にするとさまざまな情景が浮かぶレストラン、荒廃した世界に現れる美しき暗殺用人形……。リアルと幻想が溶けあう、12編のショートストーリー。（解説／彩瀬まる）